QUATRE DIALOGUES.

I. Sur l'Immortalité de l'Ame.

II. Sur l'Existence de Dieu.

III. Sur la Providence.

IV. Sur la Religion.

A PARIS,

Chez SEBASTIEN MABRE-CRAMOISY,
Imprimeur du Roy, ruë Saint Jacques,
aux Cicognes.

M. DC. LXXXIV.
Avec Privilege de Sa Majesté.

TIMOLEON
AU LECTEUR.

ON ne m'a point arraché ces Dialogues, mon cher Lecteur : je vous les donne, parce que je veux bien vous les donner. Theophile qui y a la meilleure part, ne les croyoit pas dignes de vous être offerts. Mais moi qui par une heureuse experience ai senti l'effet qu'ils sont capables de produire, moi en qui ils ont fait naître les premiers desirs de mon salut, & la premiere pensée de demander à Dieu la grace de ma conversion, j'ai cru que puis qu'ils m'avoient touché, ils en pourroient bien toucher quelque autre; & je vous les donne, mon cher Lecteur, en croyant fermement que si vous daignez les lire avec attention, si vous penetrez tout ce que dit Theophile, il n'est pas

impoſſible qu'ils ne faſſent
en vous ce qu'ils ont fait
en moi.

Au reſte, n'allez pas
croire que ces Dialogues
ayent été faits comme la
pluſpart de ces ſortes d'ouvrages qu'un docteur ima-
gine dans ſon cabinet, en
introduiſant ſur la ſcene
des perſonnages imagi-
naires, pour ſe donner
beau jeu à dire tout ce
qui lui vient à l'eſprit.
Je peux vous aſſurer a-
vec verité, que Theo-
phile & Timoleon ſont

des personnages tres-ve-
ritables, & que les con-
versations que vous allez
lire sont purement histo-
riques, & rapportées qua-
si mot à mot. Je vous di-
rai même, que les tems y
sont marquez fort exa-
ctement. Les deux pre-
miers Dialogues qui sont
sur l'Immortalité de l'a-
me, & sur l'Existence de
Dieu, ont été faits quel-
que tems avant une gran-
de maladie que j'eus l'année passée. Les raisonne-
mens solides & palpables

que vous y trouverez,
avoient déja commencé à
m'ébranler : mais quand
je me vis prêt à mourir,
ils se representerent à moi
d'une maniere si vive,
que j'en fus entierement
convaincu. Le dernier
Dialogue qui est sur la
Religion, est une suite
des serieuses réflexions
que la crainte des Ju-
gemens de Dieu me fit
faire à la vuë de la
mort qui me paroissoit
inévitable. Enfin, ce qui
m'a déterminé à ren-

dre publiques ces con-
versations particulieres,
c'est la connoissance que
j'ai euë depuis peu de
ces Hommes apostoliques
qui se sont dévouez à
la propagation de la
Foi, & qui sans crain-
dre les perils, le mar-
tyre & la mort, se pré-
parent à traverser toutes
les mers, pour aller porter
l'Evangile dans toutes
les parties du monde. J'ai
esperé qu'ils trouveroient
dans ces Dialogues des
raisonnemens dont ils se

pourroient servir pour la conversion de ces peuples barbares & idolâtres qui n'ont presque aucune idée de la Divinité, & avec qui, pour les convaincre, il faut employer, comme fait Theophile dans les deux premiers Dialogues, des raisons qui soient tirées de la connoissance de nous-mêmes, qui ne dépendent d'aucune autorité, & qui ne présupposent aucune instruction précedente.

DIALOGUE

SUR

L'IMMORTALITÉ

DE L'AME.

TIMOLEON, THEOPHILE.

TIMOLEON.

D'Où vient, mon cher Theophile, que vous êtes si rêveur? Avez-vous

A

en tête quelque grand ou-
vrage ? Et n'y a-t-il point
de chagrin mélé dans une
ſi profonde meditation ?

THEOPHILE.

Vous ſçavez bien, Timo-
leon, que j'ai des affaires, &
vous ne devez pas vous é-
tonner de me voir rêveur.

TIMOLEON.

Helas, Theophile, que fe-
riez-vous ſi vous étiez en
ma place ? Qu'avez-vous
donc à ſouhaiter ? Vous
avez de l'eſprit, de la qualité, du bien, une charge
qui vous donne beaucoup
d'agrément à la Cour ; le
public vous croit capable

des plus grandes chofes ; vous avez de la fanté : que vous faut-il ? Je fçai bien que vous avez quelque petit fujet de chagrin : mais n'en avez-vous pas le remede entre vos mains ? Et ce chagrin vous peut-il toucher, puis que vous ne pouvez pas douter qu'il ne paffe dans quatre jours ? Ne contez-vous pour rien de vous voir en état de faire du bien à toute votre famille ? Pour moi, je ne vous fouhaiterois pour votre bonheur qu'un peu plus de fenfibilité ; & je voudrois que quand la fortune vous fait quelque contre-tems, ce qui n'arrive pas souvent, vous fussiez fort fâché, afin que quand elle vous caresfera , vous soyez fort aise.

THEOPHILE.

Que vous me faites pitié , Timoleon , & qu'on est malheureux quand on n'a pas de principes! C'est la volonté de Dieu : en voilà assez pour me rendre tranquille dans toutes les aventures de ma vie, bonnes ou mauvaises. S'il m'arrive quelque bien, j'en ferai fort aise ; je le recevrai comme venant de la main de Dieu. Je profiterai de ce que vous appellez bonne fortune; je serai fâché si je la manque par ma faute. Mais quand j'auray fait mon devoir, quand je n'aurai rien à me reprocher, si je ne réüssis pas dans mes projets, je m'en consolerai fort aisément. Je croirai que Dieu le veut ainsi; qu'il m'a voulu mener jusqu'à un certain point, & pas plus loin: je me soumettrai à sa volonté. N'est-il pas le maître, & dans quelque etat que je me trouve, n'est-ce pas lui qui m'y aura mis?

TIMOLEON.

Que de pareils sentimens sont beaux ! Je suis touché de voir votre soumission aux ordres de Dieu ; j'envie votre état, & voudrois n'avoir que cinq cens livres de rente, & penser cela comme vous dites que vous le pensez : que je menerois bien une autre vie que celle que je mene presentement ! Je crois qu'il y a un Dieu : je me flate même d'avoir en moi le fonds de la constance des Martyrs, si par hazard je me trouvois exposé comme eux aux rouës & aux gibets :

mais je ne vois pas affez clair dans tout cela pour quitter tout à l'heure mille petites chofes qui m'arrêtent, & ne fonger uniquement qu'à plaire à Dieu. Car à parler de bonne foi, fi je voyois qu'il y a un Dieu, auffi clairement que je vois qu'il eft jour; que ce Dieu eft infiniment puiffant, & infiniment bon; que c'eft lui qui m'a tiré du neant, & qui me conferve dans tous les momens de ma vie; qu'il m'a donné une ame immortelle; qu'il faudra à la mort lui rendre conte de mes a-

A iiij

étions : si je voyois tout cela bien clairement, comme vous me dites que vous le voyez, je n'aurois aucune peine à me soumettre à tous les Mysteres de la Religion Chrétienne. Dés que je serois persuadé de la puissance & de la bonté de Dieu, rien ne me seroit difficile à croire; & pourveû qu'on me fasse voir clairement qu'il y a un Dieu, & que ce Dieu veut être adoré par les hommes, je n'hésiterai point sur le choix du culte, persuadé que s'il y a une bonne Religion, c'est

la Chrétienne , & princi-
palement pour moi que
Dieu a fait naître dans un
pays où l'on en fait pro-
feſſion.

THEOPHILE.

Je n'ai donc qu'à vous
prouver qu'il y a un Dieu,
& que votre ame eſt im-
mortelle; & vous êtes Ca-
pucin.

TIMOLEON.

Non, non, ce n'eſt point
dans la vie contemplative
& mortifiée que je pren-
drai l'idée d'un homme de
bien : chacun a ſes veuës
differentes. Aimer Dieu &
ſervir ſon prochain , don-

A v

ner tout fon bien aux pauvres, paffer fa vie à con-
foler les affligez, à vifiter
les malades, à les affifter
dans leurs befoins, à leur
faire connoître ce Dieu à
qui ils ont tant d'obligation, & qu'ils connoiffent
fi peu : voilà ce qu'il faut
faire, quand on eft bien
perfuadé ; au moins ce feroit par là que je m'y pren-
drois. Et voyez, mon cher
Theophile, l'obligation
que je vous aurois, fi vous
m'aviez mis dans un fi bon
chemin. Mon pere m'a don-
né la vie, le Roi ma don-
né du bien, & vous me

donneriez une eternité bienheureuse. Une penſée ſi grande , n'a-t-elle rien qui vous flate ? Vous qui aimez tant à faire plaiſir, quel plus grand plaiſir pouvez-vous me faire ? Ramaſſez donc toute la force de votre eſprit. C'eſt votre talent de faire comprendre aiſément les choſes les plus difficiles : ſervez-vous-en aujourd'hui, & ſongez qu'en me perſuadant, vous faites votre devoir que vous aimez tant à faire, & rendez un ſervice agreable à Dieu.

A vj

THEOPHILE.

Hé bien donc, puis que vous vous y prenez d'une maniere si touchante, je m'en vais vous dire une partie de ce que j'ai pensé là-dessus. Les raisons dont se servent Descartes & ses sectateurs pour prouver l'immortalité de l'ame, car je crois que c'est par là qu'il faut commencer, me paroissent si convaincantes, & fraperent si vivement mon esprit dés le moment que je les eus comprises, que si tout le monde s'étoit accoutumé comme moi à penser un peu philosophiquement, je crois qu'il ne seroit pas necessaire de chercher d'autres raisons: mais la pluspart des hommes sont si accoutumez à imaginer, qu'ils croyent ne point comprendre les choses dont ils ne peuvent pas tracer dans leur cerveau une image grossiere, & une peinture corporelle. De-sorte que quand on les veut convaincre de l'immortalité de l'ame par sa spiritualité, & en leur montrant qu'elle n'est pas un corps, ils veulent traiter leur esprit comme ils traitent leurs yeux,

& content pour rien tout
tout ce qui ne tombe pas
fous la perception de leurs
fens exterieurs. J'ai donc
cru que pour raifonner a-
vec ces hommes charnels,
il falloit commencer par
des chofes tout - à - fait
corporelles ; & au lieu de
prendre mon raifonne -
ment, comme font les Car-
tefiens , par les differentes idées que nous avons
naturellement dans l'ame,
& aufquelles la plufpart des
gens ne veulent pas faire
attention, j'ai cru qu'il falloit les convaincre de la
fimplicité de l'ame, en ne

leur prefentant que des objets corporels, & fans faire jamais mention de ce
mot d'efprit & de fubftan-
ce fpirituelle, qui leur fait
tant de peine. Voici donc
comme je crois qu'on peut
commencer.

Quand vous vous chau-
fez la main, il eft certain
que vous fentez une forte
de plaifir. Si dans le même
temps on approche de vo-
tre nez une odeur agréa-
ble, vous fentez, à l'occafion de cette odeur, un fecond plaifir. Et fi je vous
demande lequel de ces deux
plaifirs vous plaît le plus,

vous jugez entre ces deux
plaifirs, & me dites, C'eft
celui-ci, ou c'eft celui-là.
En voilà affez pour vous
prouver l'immortalité de
votre ame. Vous ne vous
imaginiez pas fans doute,
que de fi peu de chofe, je
vouluffe tirer une fi grande conclufion; & vous ne
voyez pas par où je vous
veux mener. Mais écoutez,
je vous prie. Si votre main
avoit fenti le plaifir de la
chaleur, & que votre nez
eut fenti le plaifir de l'o-
deur, vous n'auriez jamais
pu me dire lequel de ces
deux plaifirs eft le plus

grand : car l'une de ces parties est un être absolument different de l'autre, & votre nez n'a non plus senti le plaisir de votre main que je sens presentement celui qu'ont les gens qui sont à l'Opera. Il faut donc que ce soit le même être qui ait eu ces deux plaisirs.

TIMOLEON.

J'entends, & j'avouë que ceci m'est fort nouveau : j'avois cru que ma main avoit senti la chaleur qui vient de me faire tant de plaisir.

THEOPHILE.

Vous voyez bien que

non: mais il ne faut pas nous en tenir là. Parcourons ce qu'on appelle ordinairement les cinq sens de nature, & vous verrez que ces differentes lignes aboutissent toutes à un centre commun, puis que vous pouvez porter un jugement de tous les plaisirs qu'ils vous font goûter, & dire celui qui a esté le plus grand. Il faut donc que tous ces plaisirs soient dans la même partie de vous-même. Car si aprés que vous vous êtes chaufé, & que vous avez senti l'odeur dont nous venons de parler, je vous fais voir un beau tableau du Poussin, si je vous fais entendre Mademoiselle Rochouas, si je vous fais manger un potage de Talbot : n'est-il pas vrai que vous pouvez dire lequel de tous ces plaisirs a été le plus grand ? Il faut donc que cette partie qui juge en vous, ou pour mieux dire, que ce vous qui juge entre tous ces plaisirs, les ait tous ressentis. Car si le bout de votre langue avoit ressenti le plaisir du goût, que votre rétine ou votre nerf optique eut eu celui des couleurs,

que votre oreille eut eu
celui de la muſique : comment eſt-ce, je vous prie,
qu'une partie de vous-mê-
me differente de ces trois-
là pourroit juger de ce
qu'elles ont ſenti ?

Mais ce n'eſt pas aſſez
que la même choſe, que
le même vous ſente tous
les plaiſirs des ſens : il en
ſent auſſi les douleurs &
toutes les autres ſenſations
differentes, dont les ſens
ſont les organes. Car non-
ſeulement vous jugez en-
tre deux plaiſirs, mais vous
jugez encore entre un plaiſir & une douleur ; & vous

me dites fort bien, Il eſt plus agréable de ſentir de la fleur d'orange que d'ê-tre brûlé à la main. Allons encore plus loin. Le pour-riez-vous croire? cette par-tie de vous - même, que nous n'avons conſiderée juſques-ici que comme frappée par les objets des ſens, c'eſt celle-là même qui fait toutes les opera-tions élevées qui nous ap-prochent ſi fort de la di-vinité; c'eſt elle qui juge, qui raiſonne : & vous voyez déja vous-même par où je veux vous en convaincre; car le jugement que vous

avez porté entre deux differens plaifirs des fens ayant
été fuffifant pour vous convaincre que c'étoit le même être en vous qui avoit
eu ces deux plaifirs, la
comparaifon que vous fai-
tes entre le plaifir que donne la plus fublime contem-
plation, & celui que vous
caufe le plus groffier de
tous vos fens, vous mon-
tre que c'eft le même être
en vous, qui a non-feule-
ment ces plaifirs que l'on
croit ordinairement com-
muns avec les beftes, mais
auffi ceux qui font le partage des Anges.

Vous n'aurez pas de peine en suite à comprendre que c'est encore ce même être qui veut & qui se détermine comme il lui plaît. Car quand je vous dis, Aimez-vous mieux raisonner que de disner, ou aimez-vous mieux entendre une musique que de vous chaufer? je m'adresse toûjours à ce même vous, capable de sentir les plaisirs des sens, & de faire les plus sublimes operations des intelligences; & c'est lui qui se détermine, & qui choisit entre ces deux plaisirs, & qui

par conſequent ſent, en-
tend, & veut : & ainſi ces
deux regions qui paroiſ-
ſent ordinairement ſi eloi-
gnées l'une de l'autre ſont
pourtant la même choſe.

TIMOLEON.

C'eſt donc pour n'avoir
pas bien entendu cela, que
de certains Philoſophes
ont imaginé dans l'homme
deux ames réellement differentes : la raiſonnable, qui
avoit l'entendement & la
volonté pour ſon parta-
ge ; & la ſenſitive, qui ſeule étoit émeûë & trou-
blée par les objets des
ſens.

THEO-

THEOPHILE.

Il eſt vrai que ces Philoſophes euſſent cru rabaiſ-
ſer l'ame raiſonnable en la
rendant capable d'être é-
muë par les objets des ſens;
mais aprés le raiſonnement
que nous venons de faire,
& qu'il me ſemble que vous
avez fort bien compris, je
croi que deſormais vous
n'aurez plus de ſcrupule
ſur cela, & que vous vou-
drez bien que la même
choſe en vous ſente & raiſonne.

TIMOLEON.

Mais il me ſemble que
vous ne m'avez pas dit un

B

mot des paſſions ; & cependant. . . .

THEOPHILE.

J'allois vous en parler. Ouï, ce même être, ce même vous a encore des mouvemens, qui ſemblent tenir quelque choſe de l'ame ſenſitive, & quelque choſe de la raiſonnable ; & ces mouvemens ſe nomment ordinairement les paſſions. Or pour comprendre que c'eſt encore ce même être qui a les paſſions, vous n'avez qu'à vous ſervir de notre premier raiſonnement. Vous jugez entre le plaiſir que vous donne une paſſion, &

celui que vous donne une
fenfation ; entre le plaifir
que vous caufe la joie, &
celui que vous donne une
agréable mufique ; entre la
peine que vous fait la haine, & la douleur que vous
caufe une bleffure. Ces plaifirs & ces douleurs, font
donc les plaifirs & les douleurs d'un même être. Et
pour reprendre en un mot
tout ce que nous avons dit
jufqu'ici, il y a en vous
plufieurs chofes entre lefquelles vous jugez, à fçavoir les fenfations, les paffions, les volontez ou volitions, & les idées ou in-

tellections. Donc c'est le même être qui a toutes ces choses ; & c'est cela qu'on nomme communément l'A-me. Vous voyez la conclu-sion de tout cela : puis que c'est le même être , il est simple ; s'il est simple , & qu'il n'ait point de parties, il est indivisible , & par conséquent naturellement immortel, n'y ayant nulle créature qui puisse le dé-truire, toutes les destru-ctions qui se font par les créatures ne se faisant que par la séparation des parties.

TIMOLEON.

Je tombe d'accord que

cét être que nous venons
de nommer Ame, & qui a
les senfations, les paffions,
les intellections eſt un même être; mais il ne s'enfuit
pas qu'il foit immortel : il
peut être compoſé de par-
ties, & par conſequent il
peut être diviſé & détruit
par quelque agent naturel.

THEOPHILE.

Ha, Timoleon, vous n'y
fongez pas, & fans y prendre garde vous me niez
ce que vous m'accordiez
tout-à-l'heure ! Car pou-
vez-vous me dire qu'un
être compoſé de parties eſt
effectivement un même

être ? Si vous me le poſez compoſé de deux parties, qui eſt tout le moins que vous lui en puiſſiez donner, je recommencerai ſut ces deux parties-là à raiſonner comme j'ai fait d'abord ſur les differentes parties de votre corps ; & comme je vous ai demandé tantoſt ſi votre main avoit le plaiſir de la chaleur, & ſi votre nez avoit le plaiſir de la bonne odeur, je vous dirai: Quand vous vous chaufez, & que vous ſentez de la fleur d'orange, eſt-ce la partie A. de votre ame, car je croi que vous vous souvenez que c'est le nom que nous a-vons donné à cét être qui a les sensations, est-ce, dis-je, la partie A. qui a le plaisir de la chaleur, & la partie B. qui a le plaisir de la bonne odeur? Je croi que vous serez obligé de di-re que non. Car si vous di-siez ouï, je vous demande-rois, comme tantost : Com-ment donc est-il possible que vous jugiez entre ces deux plaisirs? Car ne vous y trompez pas : unissez si intimement que vous vou-drez ces deux parties l'une à l'autre, dés qu'elles ne sont pas la même chose; elles sont réellement differentes l'une de l'autre; & si la partie A. & la partie B. sont deux parties differentes, A. ne peut non plus juger du plaisir qu'a eu B. que de celui qu'a le grand Mogol. Il faut donc de necessité que le même être simple & unique qui juge entre deux plaisirs, ait eu lui-même les deux plaisirs.

TIMOLEON.

Mais ne se peut-il pas faire que la partie A. & la partie B. ayent eu toutes deux les plaisirs de la chaleur, & les plaiſirs de l'odeur?

THEOPHILE.

Vous avez donc ſenti en même temps deux plaiſirs de chaleur & deux plaiſirs d'odeur; ce qui eſt abſolument faux, comme vous en conviendrez vous-même. De plus, pour faire que deux parties réellement differentes, telles que nous avons dit être la partie A. & la partie B. ayent toutes deux le même plaiſir, il faut que chacune en particulier ſoit capable de l'avoir; & ainſi chacune eſtant capable de faire toute ſeule toutes les

fonctions, je ne vois pas
à quoy bon en suppofer
deux. Concluons donc qu'il
n'y a en nous qu'un feul
être fimple, non compofé
de parties, qui a toutes les
fenfations, les paffions, les
volitions, les intellections,
&c & que cét être étant
fimple, ne peut être dé-
truit par aucune créature :
c'eft ce que nous appellons
immortel dans un être
créé. Car pour l'immorta-
lité fimple & abfoluë, elle
ne fe peut trouver que dans
un être indépendant, & ne
convient qu'à Dieu, qui
eft, comme dit Saint Paul,

Solus habens immortalitatem,
feul ayant l'immortalité.

TIMOLEON.

A ce conte - là notre
ame fera un atome ; & il
me femble que Defcartes,
dont vous approuviez tan-
tôt les fentimens, croit a-
vec beaucoup d'autres Phi-
lofophes , qu'il n'y en a
point dans la nature.

THEOPHILE.

Sans entrer ici dans la
queftion de la divifibilité
& de l'indivifibilité des
corps à l'infini ; fans prendre parti entre Epicure, qui
compofe tous les corps
d'atomes , & Defcartes, qui

croit que toute partie de matiere, quelque petite qu'on se la puisse imaginer, est encore divisible en plusieurs autres parties: je vous répondrai simplement que les Philosophes qui ont nié les atomes, ont seulement prétendu qu'il n'y avoit point de corps indivisible; mais ils n'ont point dit qu'il n'y eut point absolument d'être indivisible. Et quand il y auroit eu des Philosophes de cét avis, il me semble que ce que je vous ai dit jusqu'ici, vous prouve assez fortement l'indivisibilité de l'a-

me, pour vous faire voir
qu'ils auroient eu tort.

TIMOLEON.

Si cela eſt , notre ame
eſt donc incorporelle & ſpi-
rituelle ; & c'eſt ce qu'il me
ſemble que vous ne m'a-
vez point encore dit.

THEOPHILE.

Il eſt vrai que je n'ai point
voulu vous embaraſſer de
ces mots d'incorporel &
de ſpirituel, que la pluſpart
des hommes croyent ne
point entendre. Je ne vous
ai rien dit de l'ame qui
vous oblige à la croire
corps. Je ſuis même perſuadé que les merveilles qu'elle

opere ne peuvent être les
actions de la matiere: mais
je n'ai fongé qu'à vous faire voir qu'elle feule fait
tout ce que nous appellons
concevoir, vouloir, fentir,
& qu'elle eft fimple, & par
confequent indivifible, &
naturellement immortelle.
Que fi vous entrez dans
les raifons que les Carte-
fiens ont pour fe perfua-
der qu'un corps ne peut
être indivifible, concluez,
j'y confens, que cét être
dont je vous ai prouvé
l'indivifibilité, n'eft pas un
corps: & fi vous ne con-
cevez que deux fortes d'ê-

tres, le corporel & le spirituel, concluez encore que l'ame est spirituelle ; je croi que vous aurez raison, & vous irez encore plus loin que je n'ai pretendu vous faire aller en commençant ce discours, mais vous ne passerez pas les bornes de la verité.

TIMOLEON.

Mais comment est-il possible qu'un être spirituel soit frappé par des objets corporels, que mon ame étant immaterielle soit émeûë par toutes les choses materielles qui frappent mes sens, & que des choses auſſi groſſieres que le feu, l'eau, les liqueurs, &c. puiſſent affecter ſi vivement cét être ſi ſimple & ſi immateriel ?

THEOPHILE.

A cette difficulté qui vous paroît ſi grande, & preſque inſurmontable, je veux que vous répondiez vous-même. N'eſt-il pas vrai par les choſes que je vous ay fait enviſager, que le même être qui eſt frappé en vous par ces objets ſi corporels & ſi groſſiers, eſt celuy qui juge des plaiſirs & des douleurs que ces objets groſſiers vous cauſent ?

TIMOLEON.

Sans doute.

THEOPHILE.

N'eſt-il pas vrai que c'eſt ce même être qui entend, qui raiſonne, qui veut, qui ſe détermine ?

TIMOLEON.

J'en tombe d'accord.

THEOPHILE.

N'eſt-il pas vray encore que ce même être eſt purement un, veritablement ſimple, & par conſequent indiviſible, incorporel & immateriel, puis que ſelon le raiſonnement que nous venons de faire, s'il y a une ſubſtance indiviſible, elle doit eftre entierement differente du corps?

TIMOLEON.

Hé bien, qu'eft-ce que tout cela fait?

THEOPHILE.

Voilà donc deux chofes conftantes : l'úne, que notre ame eft émeuë par les objets corporels & grof-fiers ; l'autre, qu'elle eft incorporelle & immateriel-le. Voyons donc qui peut avoir mis entre les chofes corporelles, & notre ame qui eft incorporelle, cette grande union qui y eft ef-fectivement : quelque être fans doute fuperieur & à noftre ame & à tous les corps. Mais comment cét être fuperieur a-t-il produit cette union ? Sans doute en ordonnant par fa volonté toute-puiffante , que tou-tes fois & quantes que mon corps fera meu de telle & telle maniere, mon ame fe-ra affectée de telle & telle maniere.

TIMOLEON.

Mais quel rapport y a-t-il entre le mouvement qui fe fait dans les parties de mon corps & le fenti-ment qu'en a mon ame ? Il me femble qu'il n'y a rien de fi diffemblable. Par exemple, quand on me donne un coup d'épée dans le bras, qu'arrive-t-il dans mon corps ? Les parties tranchantes du fer coupent ma peau, feparent les fibres de ma chair l'une de l'autre, rompent la continuité de mes veines & de mes arteres, font fortir le fang qui y eft contenu, & pouffent violemment les parties prefque imperceptibles de mes nerfs qui font répandus dans tout mon corps; ces parties imperceptibles de mes nerfs étant agitées, & tirées avec violence, communiquent leur mouve-

ment jufqu'à mon cerveau.
En tout cela je ne vois que
du mouvement, je ne vois
que des parties groffieres
qui d'un endroit font por-
tées dans un autre. Quelle
reffemblance cela a-t-il
avec le fentiment de dou-
leur qui réfulte de ma bleffure ? Raifonnons tout de
même des autres objets des
fens. J'approche de mon
nez un bouquet de fleur
d'orange : auffitoft, par une
douce refpiration, je fais
entrer dans mon nez les
petits corps les plus fubtils
qui exhalent de ces fleurs ;
ces petits corps fe portant

jusques dans le fonds de mes narines, y vont frapper mon cerveau. Or je vous prie de me dire, si le mouvement qu'elles y causent a quelque rapport avec le plaisir que je sens.

THEOPHILE.

Non sans doute ; & c'est ce qui fait voir qu'il faut que ce soit l'ouvrage de quelque être superieur, de l'Auteur de la nature, qui seul par sa toute-puissance peut avoir mis une liaison entre ce mouvement & cette sensation : car sans cela ils sont aussi dissemblables l'un de l'autre qu'un

raifonnement & un mou-
lin à vent. Et que cette
comparaifon ne vous éton-
ne pas : je ne fçaurois choi-
fir deux termes de compa-
raifon affez differens l'un
de l'autre pour exprimer la
diffemblance qu'il y a entre un mouvement & une
fenfation. Un petit chien
reffemble beaucoup plus au
château de Verfailles. Je
n'exagere point · car enfin
l'un & l'autre eft corporel ;
ils ont quelque chofe de
commun, parce que l'un
& l'autre à des parties.
Mais un mouvement & u-
ne fenfation n'ont abfolu-

ment rien de commun; & la liaison qui est presente- ment entre eux n'est point fondée sur leur propre na- ture, mais purement arbi- traire, & dépendante de la volonté de celui qui les a unies. Ce n'est pas tout : cette union a des effets en- core plus surprenans. Si les mouvemens du corps pro- duisent en l'ame des sen- sations si éloignées de la nature du mouvement, les volontez de l'ame sont cau- se aussi qu'il se fait dans le corps une infinité de mou- vemens differens. Cette a- me que nous avons recon-

nu

nu n'être point corporel-
le, n'a qu'à vouloir ; &
auſſitôt tout le corps ſe
remuë : les réſervoirs du
cerveau s'ouvrent, les eſprits en ſortent en abon-
dance, ils ſe répandent
par les nerfs dans tous les
muſcles du corps, & en
un moment toutes les par-
ties de la machine ſont
en mouvement. Quel rap-
port, je vous prie, à re-
garder les choſes par les
idées claires & diſtinctes
que nous en avons, quel
rapport entre cette volon-
té-cy, *Je veux remuër ma
main*, & tous les mouve-

C

mens qui fe font naturel-
lement pour l'exécuter ! Les
petites portes ou valvules
qui ferment les conduits
du cerveau s'ouvrent , &
laiffent un libre paffage à
ces corps fubtils & déliez,
que nous nommons Efprits
animaux , qui fe gliffant
par la moëlle de l'épine
du dos dans les nerfs &
dans les mufcles, font tous
les mouvemens de la main.

Concluons donc en
voyant ce qui fe paffe dans
notre corps, & ce qui fe
paffe dans notre ame, qu'elle eft une, fimple , incorporelle, immaterielle, fpi-

rituelle, & immortelle ; &
en voyant la liaison admirable qui est entre notre
corps & notre ame, quoi-
que se soient deux êtres si
differens, concluons que
cette liaison ne peut y a-
voir été mise que par un
être superieur, créateur &
conservateur de tous les
autres êtres.

TIMOLEON.

Il sembleroit, Theophi-
le, que de ce raisonnement
vous voudriez conclure l'e-
xistence de Dieu.

THEOPHILE.

Il est vrai qu'il est tres-
fort pour cela, & peut-

être que cette preuve n'est pas moins convaincante que tous les raisonnemens metaphyſiques. Mais, Timoleon, cette matiere demande plus de temps qu'il ne nous en reſte, & nous la remettrons à une autre fois.

DIALOGUE

SUR

L'EXISTENCE

DE DIEU.

TIMOLEON, THEOPHILE.

TIMOLEON.

VOUS avez bien com-
mencé, mon cher
Theophile: il faut achever.

Vous m'avez dit de belles
chofes fur l'immortalité de
l'ame ; mais j'en attends
de vous encore de plus
belles fur l'exiftence de
Dieu. J'efpere que dans un
fi grand fujet vous vous é-
leverez audeffus de vous-
même, & que vous m'ou-
vrirez des routes nouvelles.
Soyez feur au moins que je
ne viens point ici avec un
efprit de contradiction. Je
cherche la verité : je m'y
foumettrai, fi vous me la
faites connoître ; je tafche-
rai de l'éclaircir avec vous,
fi je la vois encore dans des
nuages , comme j'ai fait

juſques-ici ; je ne me laſſe-
rai point de la chercher, ſi
je ne la trouve point au-
jourd'hui. En un mot c'eſt
la plus grande affaire de la
vie, & je m'y veux donner
tout entier.

THEOPHILE.

Vous la trouverez, Ti-
moleon, puis que vous la
cherchez : l'eſprit docile eſt
une grande avance pour
trouver la verité. Mais parlons de Dieu, on n'en ſçauroit trop parler ; c'eſt le
plus grand objet que nous
puiſſions preſenter à notre
eſprit.

Je me ſuis étonné cent

C iiij

fois, qu'il pût y avoir des
athées de refléxion : auſſi
ſuis-je perſuadé qu'il n'y
en a gueres, & je crois abſolument impoſſible qu'un
homme raiſonnable, aprés
avoir lu les écrits des Philoſophes, & en avoir com-
pris les raiſonnemens, puiſ-
ſe douter de l'exiſtence de
Dieu. Mais par malheur il
y a peu de gens qui s'ac-
commodent des idées ſim-
ples & abſtraites: ils croyent
ne point entendre ce qu'ils
n'imaginent pas ; & quel-
que ſpirituel & immate-
riel que Dieu ſoit, il faut
pour le leur faire compren-

dre, le rendre, pour ainſi dire, palpable, & le faire tomber ſous leurs ſens. Et c'eſt à quoi il a remedié lui-même par ſa bonté : il a voulu être connu des eſprits groſſiers auſſi - bien que des ſubtils ; & ſi les idées ſimples de notre ame ſont une preuve convaincante pour les Philoſophes, les merveilles qu'il a répanduës dans ſes créatures ne prouvent pas moins invinciblement ſon exiſtence & ſes principaux attributs aux artiſans & aux payſans mêmes, s'ils veulent y faire quelque réfle-

C v

xion. Il a par les œuvres
de la création rendu visi-
ble & palpable cette existence & ces attributs auf-
quels les fens ne pouvoient
jamais parvenir. C'eſt ce
que dit ſi bien Saint Paul
dans le premier Chapitre de
l'Epiſtre aux Romains : *In-*
viſibilia Dei , per ea quæ facta
ſunt , intellecta conſpiciuntur.
Les ouvrages de Dieu font
entendre, & comme apper-
cevoir les choſes inviſibles.
Examinons donc les crea-
tures, & nous y verrons le
Createur ; nous y verrons
invinciblement ſon exiſtence, & ſes trois grands attri-

buts de puiſſance, de ſa-
geſſe, & de bonté.

TIMOLEON.

Si vous voulez examiner les
creatures; je vous prie, com-
mencez par nous-mêmes:
cét examen nous appren-
dra au moins à nous con-
noître, & ce ſera toûjours
beaucoup faire.

THEOPHILE.

Je le veux bien, Timo-
leon. Liſons dans ce livre
que Dieu nous a donné ſi
prés de nous, nous y li-
rons clairement l'exiſtence
de Dieu. Ce livre c'eſt notre corps : examinons en
toutes les parties ; ſouve-

nons-nous de tout ce que
nous en avons ouï dire à
M. du Verney, avec quel
ordre font arrangées tou-
tes les parties, foit celles
qui fervent à nos mouve-
mens exterieurs, comme nos
pieds & nos mains, foit
les organes de nos fens,
comme nos yeux & nos
oreilles, ou pour entrer
plus avant dans nous-mê-
mes, celles qui regardent
notre nourriture, comme
notre eftomac, nos veines,
&c. Il n'y en a aucune, qui
même prife feparément ne
nous prouvât la Divinité.
Regardez, par exemple vo-

tre main : voyez avec combien d'art & de facilité,
cette partie, que quelqu'un
a nommé l'inſtrument des
inſtrumens, ſe tourne de
tous coſtez pour prendre les
choſes neceſſaires au corps ;
avec quel arrangement ſont
diſpoſez les quatre doits qui
ſont d'un coſté pour faire
leur operation, & le pou-
ce qui eſt de l'autre pour
preſſer avec force par le
moyen du gros muſcle. Examinez la differente lon-
gueur des doits qui étoit
neceſſaire pour faire les diverſes operations ; comme
quoi chacun de ces doits

est separé en trois articles,
pour se pouvoir plier, ou
redresser selon les besoins
differens ; comme quoi ces
quatre doits sont separez
l'un de l'autre pour pou-
voir agir tantôt conjointe-
ment, tantôt separément.
Admirez avec quel soin ces
parties délicates qui étoient
destinées à être exposées au
choc des autres corps ont
été munies des ongles, comme d'une maniere de bou-
clier, pour résister à tous les
chocs des corps exterieurs ;
& comme cette nature
bonne & prevoyante a fait
ces petits boucliers de tel-

le maniere que s'ils viennent une fois à se rompre,
il en revient de nouveaux,
afin que les parties, pour
la défense desquelles ils ont
été faits, ne soient pas dé-
pourveuës de ce secours.
Si vous regardez ensuite le
corps de la main, vous
verrez qu'en dedans il est
un peu enfoncé, pour pou-
voir, avec le secours des
doits & du pouce qui vient
pardessus, serrer plus fortement les choses dont il a
besoin. Cette partie de la
main n'est pas d'un seul os
plat, & qui ne se puisse
point plier ; mais les di-

vers os qui la composent, quoi-qu'attachez l'un à l'autre de si prés, que cela a tout le bon effet qu'auroit un corps continu, sont pourtant disposez de maniere que sans se quitter l'un l'autre, ils peuvent se plier en façon de berceau, & rendre la main plus capable de tous les mouvemens dont nous avons besoin. Où est l'ouvrier, je vous prie, qui ait jamais fait une machine si industrieuse? Mais que n'a-t-il point fallu pour la faire mouvoir, & pour la conserver? Combien de petites cordes a-t-

il fallu attacher aux differens articles des doits pour
les tirer tantôt d'un cofté,
tantôt d'un autre ? Si je
veux tendre la main toute
droite, il faut que des nerfs
qui paffent pardeffus le dos
de la main, retirent en arriere mes doits : fi je veux
au contraire les plier, il faut
que je faffe agir les nerfs
qui font couchez fur la
paume de la main : fi je
veux plier le doit tout-à-
fait, & faire que le bout
fe vienne joindre à la ra-
cine, il faut un mouve-
ment different de celui que
je fais quand je veux fim-

plement la baiſſer tout d'u-
ne piece, ou en courber
un des articles : ſi je veux
ſeparer mes doits l'un de
l'autre, ſi je les veux joindre enſemble, il faut faire
agir des cordes differentes.
Il a fallu de plus que les emboitures de ces differentes
pieces l'une dans l'autre
fuſſent faites avec tant
d'art, qu'elles ſe puſſent
tourner de tous côtez ; &
que ces diverſes pieces ſe
pliaſſent, l'une à l'égard de
l'autre, comme ſi elles é-
toient abſolument ſepa-
rées, quoi-qu'elles ſoient
attachées l'une à l'autre par

des liens tres - folides. Il a
fallu que ces nerfs fuffent fi
bien arrangez , qu'ils ne
s'embaraffaffent point l'un
l'autre dans leurs fonctions;
il a fallu par de petites fibres les tenir attachez chacun dans leur place , en
forte que tous les divers
mouvemens qu'ils font ne
fuffent jamais capables de
les déranger ; il a fallu que
ces petites fibres qui les
tiennent dans leur devoir,
leur laiffaffent pourtant une
entiere liberté de s'alonger
& de fe racourcir, & que
tout cela fe fift avec tant de
facilité,que les mouvemens

les plus vifs & les plus forts
ne donnaſſent pas la moindre peine. Mais outre la
place de ces nerfs & des
muſcles qui ſervent au
mouvement, il a fallu en-
core placer, & dans le deſſus & dans le deſſous de la
main, une infinité de ca-
naux differens, pour por-
ter juſqu'aux extremitez
des doits le ſang arterial
neceſſaire à la nourriture
des parties, & pour en rapporter dans les veines celui qui n'y peut plus être
bon qu'aprés qu'il a repaſ-
ſé dans le cœur. Il a fallu
que ces arteres, & ces vei-

nes euſſent un chemin li-
bre malgré la multitude de
petits os ſur leſquels ils ſont
couchez, & malgré le nom-
bre preſque infini de muſcles & de nerfs dont nous
venons de parler : il a fallu
qu'elles ne fuſſent offen-
ſées ni de la dureté des os,
ni du mouvement preſque
continuel des nerfs , &
qu'au milieu de tout cela,
elles coulaſſent continuellement pour porter la nourriture neceſſaire, & pour en
rapporter la partie inutile.

TIMOLEON.

Que de merveilles vous
me découvrez dans ma

main ! Eſt-il poſſible que j'euſſe en moi un ſi grand chef-d'œuvre, & que je ne l'euſſe jamais découvert ?

THEOPHILE.

Avouez donc que pour faire ce chef-d'œuvre, il faut une grande puiſſance & une grande ſageſſe. Mais n'en demeurons pas-là. Aprés avoir regardé avec attention votre main droite, conſiderez la gauche, qui a toutes les mêmes parties, mais dans un arrangement contraire. Que ſi par impoſſible il ſe pouvoit que le haſard eût formé cette main droite avec

tout l'art que nous venons
d'examiner, feroit-il concevable que le même ha-
fard eût copié dans la partie gauche ce qui auroit
été fait dans la droite, &
qu'il l'eût copié de telle
forte que le pouce, qui dans
l'une eft à droite du premier doit, dans l'autre fe
trouvât à gauche, & ainfi
de tous les autres doits, os,
nerfs? *&c.*

Mais fi aprés avoir exa-
miné les mains, & y avoir
vu tant de merveilles, vous
examinez toutes les autres
parties du corps, chacune
d'elles feparément vous

paroîtra un chef - d'œu-
vre. Vous l'admirerez en-
core plus, fi vous regardez,
comme nous venons de di-
re, le rapport de la partie
droite à la gauche. Mais
que fera-ce quand vous re-
garderez le tout enfemble?
quand vous confidererez
que ces mains dont les
mouvemens vous ont paru
fi merveilleux, ne font
pas attachées immediate-
ment au tronc du corps
où elles n'auroient pas été
en état de rendre de grands
fervices, mais qu'elles font
au bout des bras, par le
moyen de la longueur def-
quels

quels elles peuvent attein-
dre fort loin ? que ces bras
par leur partage en deux
dans le coude , & par les
diverses emboitures du haut
du bras dans l'épaule , &
du bas du bras dans le coude & dans le poignet, les
mettent en état d'attein-
dre à toutes les differentes
parties du corps pour y
porter les secours neces-
saires ? Il en est de même
de toutes les autres parties
du corps ; & vous connoissez clairement que cét être
sage & puissant qui les a
faites, ne les a faites que
par bonté, pour les rendre

D

utiles aux autres. Les yeux
font fans doute merveil-
leux, fi vous regardez les
differentes liqueurs dont ils
font compofez, & la prom-
ptitude admirable de leurs
mouvemens. Mais fans en
faire ici l'examen en particulier, comme nous avons
fait celui de la main, remarquez feulement que ce
bel organe a été placé au
plus haut de notre corps
pour pouvoir découvrir de
loin les objets qui lui peuvent être ou nuifibles, ou
profitables. Nous pouvons
parcourir tout de même
toutes les autres parties du

corps : les pieds formez
pour le soûtenir; les jam-
bes, les cuiſſes, qui ſe plient
d'une maniere propre à u-
ne infinité de mouvemens,
& qui ſe remuent en avant
& en arriere, pour appro-
cher ou pour éloigner le
corps des objets qui peu-
vent lui faire du mal, ou
dont il peut tirer de l'utilité; l'eſtomac capable de
digerer les alimens, & de
les mettre en état de fournir par leurs plus ſubtiles
parties, de quoi former ſans
ceſſe de nouveau ſang; ces
veines lactées qui ſucent la
partie la plus ſubtile de l'a-

D ij

liment pour la porter au cœur; les boyaux dans lesquels se fait la séparation du pur d'avec l'impur; le cœur, où par une fermentation nouvelle l'aliment devient sang; ce cœur qui fournit incessamment & la nourriture aux parties par le moyen des arteres, & au cerveau la plus subtile partie de ce sang pour en faire ensuite des esprits, qui étant répandus dans tout le corps par le moyen des nerfs, servent & au mouvement & aux sensations; le poumon, qui par son aspiration & par sa respira-

tion continuelle apporte
de la fraîcheur au fang du
cœur, & par fon mouve-
ment perpetuel facilite &
celui du cœur & celui de
l'eftomac pour leurs fon-
ctions differentes ; les phil-
trations differentes qui fe
font dans le foye & dans
la rate, avec tant de fageffe & tant d'utilité pour le
corps , que par exemple
dans le foye le fang fe dé-
gage des parties de fiel qui
lui étoient nuifibles, & qui
fe trouvent pourtant d'u-
ne grande utilité pour la
digeftion des alimens en
paffant par les boyaux ; cet-

te philtration qui se fait encore dans le cerveau, où le sang se dégageant des parties acides qui forment la salive, fournit à la bouche cette eau si necessaire à la premiere digestion qui se fait en mangeant. Mais combien de merveilles la bouche nous presente-t-elle? Elle a été placée sous le nez, afin que l'odeur de ce que nous mangeons nous avertît en quelques occasions du dommage qu'il pourroit nous apporter. Cette bouche est composée de deux parties, dont l'une demeurant toûjours ferme, & l'autre étant mobile, peuvent, par le moyen des dents qui y font attachées, couper, caffer, broyer en une infinité de manieres les alimens qui doivent enfuite paffer dans l'eftomac pour notre nourriture. La langue a été placée au milieu de la bouche, afin que par le moyen de l'organe du goût, qui eft attaché au bout de la langue, elle jugeât, pour ainfi dire, de ce qui eft bon & de ce qui eft mauvais à la nourriture, par le plaifir, ou par la douleur qu'elle en reffent.

D iiij

TIMOLEON.

Il eſt vrai que les cho-
ſes qui ne frappent point
agréablement la langue,
comme la terre, la laine,
les pierres, ne ſont point
auſſi matiere convenable à
notre nourriture.

THEOPHILE.

Cette langue encore, par
l'admirable diverſité des
muſcles dont elle eſt com-
poſée, s'alonge, ſe retré-
cit, ſe tourne à droite & à
gauche, ſe gliſſe & le long
du palais & entre les dents
& les machoires, ſe replie
ſous elle-même, de manie-
re qu'il n'y a aucun en-

droit de la bouche où elle ne se puisse porter pour en ramener entre les dents les parties des viandes qui n'ont pas encore été assez broyées. Les glandules salivaires sont de petits réservoirs placez dans les joües en dedans de la bouche, qui étant differemment pressées par les divers mouvemens que font les muscles de la joüe quand on remuë la machoire de dessous, expriment incessamment cette petite eau dont nous avons parlé, qui par son humidité sert à broyer les viandes, & qui

D v

par la conformation de
ses parties commence déja
dans la bouche la fermen-
tation & la digestion qui
se doit achever dans l'esto-
mac. Regardez d'un coup
d'œil tout ensemble toutes
ces differentes choses que
nous venons de dire ; voyez
la merveilleuse union de
toutes ces diverses parties :
& vous conviendrez que
nulle d'elles prise en particulier, ne pouvoit être l'ouvrage du hasard , & que
toutes prises ensemble mon-
trent invinciblement qu'elles sont l'ouvrage d'un ê-
tre tout sage , tout puis-

fant & tout bon ; de-forte
que Galien, qui n'avoit pas
découvert tous les refforts
de cette machine fi parti-
culierement qu'on a fait
dans ce dernier fiecle, en
avoit pourtant affez vu
pour dire avec beaucoup
de raifon qu'en compofant
fon traité de l'ufage des
parties du corps humain,
il avoit fait un hymne in-
comparable à la louange
du Createur.

TIMOLEON.

Mais feroit-il impoffible
de concevoir, que ce corps
fi parfait eft un ouvrage
du hafard ?

D vj

THEOPHILE.

En verité cela est bien
difficile ; & il faut faire un
grand effort contre la raison pour imaginer que c'est
un cas fortuit qui a pro-
duit toutes ces parties dont
nous venons d'admirer la
composition & l'union.
Mais que direz-vous quand
vous verrez , outre votre
corps, une infinité d'autres
corps, qui differant tous en
quelque chose de lui, lui
ressemblent pourtant dans
la merveilleuse composi-
tion de chaque partie prise separément, & dans l'admirable harmonie du tout

enſemble ? Conſiderez ſur
tout, que de ces corps que
vous voyez ſemblables au
votre, il y en a qui en different ſeulement par les parties qui font la difference des
ſexes; & que de l'union de
ces parties ſe fait ce qu'il y a
de plus merveilleux dans la
compoſition du corps, je
veux dire la propagation de
l'eſpece. Car pour exécuter
cette merveille, il faut que
dans les parties qui y ſervent il y ait une ſource iné-
puiſable de nouveaux corps
humains; il faut que dans
l'homme ou dans la fem-
me il y ait une infinité de

parties, dans chacune def-
quelles fe trouvent en abre-
gé toutes les parties qui
compofent le corps hu-
main, & jufqu'aux moin-
dres refforts que nous avons
admirez d'abord en confi-
derant notre corps. Par
exemple, pour faire que
dans le corps de la femme
il fe forme un enfant, dont
les mains foient attachées
au bout du bras, dont le
bras foit emboîté dans l'é-
paule, dont le pouce fe jet-
te comme hors de la main,
il faut qu'il y ait une partie de matiere qui contien-
ne en elle toutes les diver-

ſes autres parties qui com-
poſent la main, & qu'elles
y ſoient toutes arrangées
avec le même ordre entre
elles que nous avons admi-
ré tantôt dans l'examen de
la main : il faut que ces
parties qui doivent com-
poſer la main ſoient pla-
cées au bout de celles qui
doivent former le bras, &
que celles dont le bras doit
être formé tiennent à celles dont ſe formera l'épaule : en un mot, il faut que
dans la femme toutes les
parties du corps ſoient arrangées dans le même or-
dre où elles ſont dans un

homme formé, non-seule-
ment les parties en gros,
comme la tête, le col, le
tronc du corps, les cuisses,
les bras, & les pieds, &c.
mais que même dans cha-
cune de ces parties-là les
autres parties moins prin-
cipales dont elles sont com-
posées, comme les os, les
muscles, les nerfs, les ten-
dons, &c. se trouvent dans
le même ordre qu'elles sont
dans un homme de trente
ans. Et je vous prie, pour faire cét arrangement dans
des parties si déliées, quelle prodigieuse délicatesse
n'a-t-il point fallu? quelle

ſageſſe pour en imaginer, s'il faut ainſi dire, l'arrange-ment & l'œconomie? quel-le puiſſance pour l'exécu-ter?

Mais il me ſemble qu'en vous faiſant admirer la ſa-geſſe & la puiſſance du Crea-teur, je ne vous ai parlé de ſa bonté qu'en paſſant, quoi-que ce ſoit à mon gré celui de ſes attributs, dont il nous a donné plus de marques dans la creation, & à la dé-monſtration duquel il ſem-ble avoir deſtiné tous les autres. Cette bonté vous paroîtra clairement, ſi vous voulez examiner dans ce

qui vous arrive tous les
jours, de quelle maniere il
a pourveu à votre confer-
vation par des chofes qui
vous font agréables, & de
quelle maniere il vous force vous – même à. y tra-
vailler par des defirs auf-
quels vous ne fçauriez re-
fifter. Quand, par exemple,
notre corps a befoin de
nourriture, la fage nature
nous en avertit par un defir, que nous nommons
appetit; & fi nous y fa-
tisfaifons en mangeant,
notre action eft accom-
pagnée d'un plaifir tres-
fenfible, & ce plaifir dure

auſſi long-temps que no-
tre beſoin dure.

TIMOLEON.

Cela n'eſt pas toûjours
vrai. Par exemple, quand
mon corps a beſoin de ré-
parer ſes eſprits par le ſommeil, il eſt bien vrai qu'il
me vient envie de dormir,
& que je ſuis quaſi forcé
à me mettre en état de me
repoſer ; il eſt encore vrai
que je m'endors avec plaiſir : mais dés que je ſuis
endormi, je ne ſens plus de
plaiſir, quoi-que j'aye encore beſoin de repos.

THEOPHILE.

Et c'eſt juſtement ce qui

vous fait voir que ce n'eſt pas par haſard que vous avez du plaiſir, mais par la diſpoſition d'un être tres-ſage, qui le propor- tionne au beſoin que vous avez d'agir. Vous dites que dés le moment que vous avez commencé à dormir, vous ne ſentez plus le plaiſir du ſommeil: remarquez au contraire, que pendant tout le temps que vous mangez avec be- ſoin, votre plaiſir continuë toûjours. La raiſon en eſt évidente. Pour manger, il faut que vous agiſſiez; il faut que vos machoires,

vos lévres, votre bouche
faſſent une infinité de mouvemens differens; il faut
que vos mains y portent
les viandes; il faut ſouvent
que vos piés approchent
votre corps des endroits
où ſont les alimens qui
vous ſont neceſſaires : &
comme il faut que vous
continuiez à agir, vous
continuez auſſi à avoir le
plaiſir qui vous pouſſe à
agir. Mais pour le dormir,
il n'en eſt pas de même :
dés que vous êtes endor-
mi, vous n'avez plus ●
beſoin d'agir; c'eſt pourquoi la nature ne s'eſt plus

mife en peine de vous y porter par le plaifir. Les autres neceffitez de votre corps font toutes de même nature : vous êtes porté à y fatisfaire par un defir ; & quand vous y fatisfaites votre action eft accompagnée d'un plaifir, tant que le befoin continuë. Tout de même un mouvement trop violent, un trop long travail diffipe une grande quantité d'efprits , & en épuiferoit bientôt le corps fi vous ne le répariez par repos. Que fait la nature ? Elle vous donne ce fentiment de laffitude, qui

vous fait chercher à vous
repofer ; & fi vous vous met-
tez en eftat de vous repofer,
vous fentirez un fort grand
plaifir. Au contraire, un
trop long repos engourdi-
roit vos efprits; un exer-
cice moderé eft neceffaire,
afin que l'eftomac faffe
bien fes fonctions , afin
que le fang coule avec
plus de facilité, afin que
la tranfpiration delivre votre fang des parties groffieres, & décharge votre
corps de beaucoup d'im-
puretez. Que fait la nature? Elle vous donne en ce
cas - là une certaine in-

quiétude dans le corps qui
vous porte à la promena-
de. La propagation de l'ef-
pece n'eſtoit pas neceſſaire en tous les temps, mais
il eſtoit neceſſaire que pluſieurs perſonnes y fuſſent
portez avec impetuoſité,
pour ſurmonter les incom-
moditez & les dégoûts,
qui en ſont inſeparables,
ſur tout dans les femmes.
Ce deſir eſtoit principale-
ment neceſſaire dans les
perſonnes d'un âge ro-
buſte, capable de fournir
une bonne ſubſtance à la
formation des enfans, ca-
pable du ſupporter les fa-
tigues

tigues de la nourriture &
de l'éducation : c'eſt pour-
quoy ce deſir ne ſe fait
point ſentir aux enfans, ni
aux perſonnes d'un âge
trop avancé ; c'eſt pour-
quoy il eſt abſolument
éteint dans les malades.

TIMOLEON.

Il eſt vrai que ſi un être
tout puiſſant & tout ſage,
mais en même temps mal-
faiſant & envieux, étoit
le maiſtre de la nature, il
auroit pu trouver d'autres
moyens de nous porter à
la conſervation de notre
corps. Ces moyens au-
roient été tous doulou-

E

reux, & nous n'y aurions
fatisfait que par des actions
defagréables : au lieu que
prefentement, les defirs
mêmes par lefquels nous
y fommes portez, nous
contraignent avec quel-
que douceur, & nous n'y
fatisfaifons qu'avec plaifir.

THEOPHILE.

C'eft par un effet de la
même bonté que lors que
nos fens nous avertiffent
de la préfence des corps,
dont nous pouvons être
frappez, la plûpart de
nos fenfations font agréables; quand nous nous fer-

vons de nos yeux pour connoître les objets qui font hors de nous, c'eft prefque toujours avec plaifir. Convenez donc avec moi, que cét être fage & puiffant qui a formé votre corps, a travaillé en même tems à fa confervation avec une bonté infinie, en attachant quelque plaifir à la plûpart de vos fenfations, & en rendant déli-cieufes toutes les actions que vous faites pour fa-tisfaire à vos befoins na-turels.

TIMOLEON.

Adieu, mon cher Theo-

phile : je m'en vais rêver
à tout ce que vous venez
de me dire. Que vous m'a-
vez fourni de beaux sujets
de meditation, & qu'il est
difficile de résister à la verité quand elle est propo-
sée clairement !

THEOPHILE.

Ce n'est pas tout, Timo-
leon. Remarquez, je vous
prie, ces mouvemens aveu-
gles & impetueux qui vous
portent avec tant de vio-
lence aux actions necessai-
res à la conservation de
votre personne. Le pouvez-
vous croire ? ces actions où
vous ne connoissez aucune

lumiere de la raiſon, vous
ont été données pour tenir
lieu en vous de la raiſon
la plus éclairéc, de la connoiſſance la plus exacte de
tous les mouvemens inte-
rieurs de votre corps, &
de la volonté la plus ſage
qui pût regler vos actions.
Ouï, ces mouvemens, tout
aveugles & tout brutaux
qu'ils vous paroiſſent, font
en vous ce que n'y pouroit
pas faire un Ange, quand
il auroit une tres-exacte
connoiſſance de tous les
mouvemens des parties
de votre corps, juſqu'à
ces plus petites particules

de matiere qu'on nomme
efprits animaux ; quand
il connoiftroit infailliblе-
ment tous les effets que
ces mouvemens font ca-
pables de produire dans
la fuite, & quand il feroit
affez reglé & affez patient
pour vouloir faire toujours
dans toutes les occafions
ce qu'il auroit connu de-
voir être le plus utile pour
la confervation de votre
corps. Car fuppofons, je
vous prie, que Dieu a mis
dans mon corps un Ange
doué de la perfpicacité, de
la fageffe, & de la patien-
ce dont nous venons de

parler : quand il arrivera que mon corps n'aura pas la nourriture qui lui eſt neceſ-ſaire, il faudra que cét Ange connoiſſe & l'état auquel eſt mon eſtomac, & celuy où ſe trouvent mon cœur & mes veines par le de-faut d'un nouveau ſuc ; qui vienne prendre la pla-ce du ſang qui ſe conſu-me à tout moment; il faudra qu'enſuite il détermine une certaine portion de matie-re acide & liquide à cou-ler dans ma bouche pour faciliter par ſon humidité le mouvement des diver-ſes parties qui la compo-

fent ; qu'il détermine des
efprits animaux à entrer
dans les mufcles qui doi-
vent faire remuer ma lan-
gue & mes machoires, qu'il
en envoye d'autres dans
mes mains & dans les au-
tres parties dont le mou-
vement eft neceffaire. Voilà tout ce que peut faire
cét efprit angelique ; & encore pour en venir à bout,
il faut qu'il ait tant de
grandes qualitez qu'à peine pouvons-nous conce-
voir qu'un être créé en
foit capable. Cependant,
toutes ces grandes qua-
litez , toute cette intel-

ligence , cette connoif-
fance exacte. des parties
de notre corps, cette vo-
lonté conftante de tra-
vailler fans ceffe à ce qui
luy eft utile, tout cela fe
trouve heureufement fup-
pléé par ce mouvement na-
turel & involontaire que
nous pouvons nommer inf-
tinct. Et bien loin d'être
obligez d'examiner avec
beaucoup de peines & de
foins quels mouvemens
font neceffaires pour fatisfaire à nos befoins, l'inf-
tinct nous y porte fans peine, & ce que nous faifons
pour y fatisfaire nous don-

E v

ne du plaifir. Tant il eſt
vrai qu'entre les mains de
Dieu les choſes, qui d'el-
les-mêmes paroiſſent mé-
priſables, deviennent les
plus importantes. Mais ce
n'eſt pas là la ſeule occaſion, où à la place des choſes les plus précieuſes, Dieu
en met qui nous paroiſ-
ſent fort mépriſables, &
qui pourtant font leur effet auſſi ſurement. Il fait
la même choſe dans la Mo-
rale : car tout de même
que dans la Phyſique &
dans les choſes naturelles
l'inſtinct nous tient quelquefois lieu de raiſon,

dans la Morale nous avons des idées naturelles, qui souvent nous font agir avec autant de force, que si nous agiſſions par le motif de la crainte & de l'amour de Dieu. Une de ces idées eſt l'envie qu'ont naturellement tous les hommes de ſe faire eſtimer aprés leur mort. On ne ſçauroit douter que cette envie qu'on peut nommer un inſtinct de Morale, ne ſoit commune à tous les hommes : les piramides, tous les autres monumens que les grands Princes ou les hommes particuliers ont

fait élever pour faire paffer leur mémoire à la pof-
terité, ces actions furpre-
nantes par lefquelles les
Decius & les autres ont
prétendu immortalifer leurs
noms, les difcours des Ora-
teurs & des Poëtes ne nous
permettent pas d'en dou-
ter. Cependant à le bien
prendre, qu'y a-t-il de plus
vain que ce defir d'être ef-
timé & loué quand nous
ne ferons plus, à moins
que ce defir n'ait en veuë
l'utilité du prochain ; & fi je
dois eftre aneanti, comme
penfoient plufieurs de ces
ambitieux, que me fervi-

ra-t-il d'être loué quand je
ne ferai plus en état de
le fentir ? Avouons donc
que ce defir eft auffi vain
qu'il eft naturel: c'eft pourtant la fource de la plufpart des bonnes actions de
ceux qui n'agiffent point
pour plaire à Dieu. Mais
ce Dieu fage & prévoyant,
qui fçavoit bien que tous
les hommes ne feroient pas
un affez bon ufage de leur
liberté pour fe porter à des
actions difficiles par le feul
defir de luy plaire ; qui con-
noiffoit que ceux mêmes
qui feroient affez fages
pour agir quelquefois par

ce bon principe, ne l'au-
roient pourtant pas incef-
famment devant les yeux ;
& qui vouloit cependant
pourvoir à l'entretien de la
focieté à laquelle il avoit
deftiné les hommes, & pour
laquelle la vertu eft neceffaire : Dieu, dis-je, a mis
dans leur efprit ces inclinations, qui les portent
naturellement au bien, &
qui les pouffent quafi malgré eux à faire de bonnes
actions, dans le tems mê-
me qu'ils croyent n'agir
que pour leur propre utilité.

Mais aprés avoir confi-
deré votre corps, & les

autres corps qui vous reſ-
ſemblent , étendez votre
conſideration plus loin, &
conſiderez la multitude infinie d'animaux dont l'air,
les eaux & la terre ſont
couverts & remplis. Ne
croyez pas que la ſageſſe
qui a diſpoſé avec tant d'art
les parties de votre corps,
ſe ſoit épuiſée en le for-
mant. Voyez tous ces au-
tres corps qui ſe remuent
en tant de manieres differentes : ils ſont tous differents du votre , ils ſont
tous differents entre eux ;
cependant chacun a en ſoy
tout ce qui lui eſt neceſ-

faire pour fa confervation.
L'un vit dans l'eau, & n'a
point l'ufage de la refpiration comme vous ; un au-
tre s'éleve dans l'air, & fe
foutient avec des aifles ; il
y en a plufieurs, dont la
ftructure n'eft pas foûtenuë
par des corps folides comme vos os : cependant ils
ont tous dans leur diver-
fité toutes les parties qui
conviennent aux mouve-
mens qui leur font necef-
faires. Mais ce qui vous
montrera invinciblement
que cette grande diverfité
n'eft pas un effet du ha-
fard qui ait arrangé diver-

sement des parties de ma-
tiere, mais l'ouvrage d'une
intelligence aussi parfaite
dans ses operations qu'elle est fertile dans l'abon-
dance de ses inventions,
si l'on peut ainsi parler :
c'est que dans ces diffe-
rentes formes d'animaux,
vous trouverez qu'il y en
a toujours de deux sexes,
les uns mâles & les autres
femelles ; les mâles étant absolument semblables aux
femelles, hormis par les parties dont la dissemblance
étoit necessaire pour perpetuer l'espece.

Voyez encore les corps

qui vous paroiſſent tout-à-
fait inanimez : voyez combien leur diverſité étoit
neceſſaire pour la ſubſiſtan-
ce des autres corps ; & combien leur union vous mon-
trera de ſageſſe & de bonté. Qu'auroit-il ſervi à cét
être tout ſage, tout bon,
& tout puiſſant d'avoir formé les corps humains ca-
pables de tant de mouve-
mens differents, & capables
même de ſe perpetuer par
la génération, s'il n'avoit
formé en même tems un
corps ſolide comme la terre pour les ſoutenir ; un
corps fluide comme l'air, qui

a affez de confiftence pour les faire vivre par le moyen de la refpiration, & qui n'en a pas trop de peur qu'il ne retardât tous les mouvemens qu'ils font obligez de faire ? Qu'auroit - il fervi à ces corps d'être en état de fe mouvoir, fi Dieu n'avoit préparé autour d'eux d'autres corps pour leur fervir d'aliment, comme les plantes, les fruits, & les animaux ? Qu'auroit - il fervi de former une fois ces plantes, fi par le moyen de la graine il ne les avoit en quelque façon renduës imperiſſables ? Et qu'auroit-il ſervi de former ces plantes avec leur vertu, ſi le ſoleil, par ſa chaleur, l'air par ſon mouvement, les pluyes par leur humidité, la terre par ſa ſolidité n'avoient été en état de les faire croî-tre & fructifier ? Si donc les parties de l'homme pri-ſes ſeparément vous ont paru admirables ; ſi la dif-ference des ſexes & la pro-pagation de l'eſpece vous ont fourni de nouvelles raiſons pour vous convain-cre ; ſi la multitude infi-nie des differents animaux vous a ravi en admiration:

quel effet ne produira point l'union de toutes les parties de l'univers, l'utilité dont elles se font l'une à l'autre, le merveilleux rapport qu'elles ont à l'homme pour qui elles semblent avoir été faites ? Et tout cela joint ensemble ne vous obligera-t-il point à vous écrier, *Mirabilis Deus in operibus suis !* Que le Seigneur est admirable dans ses ouvrages !

L

T

DIALOGUE

SUR

LA PROVIDENCE.

TIMOLEON, THEOPHILE.

TIMOLEON.

QUE je fuis aife,
Theophile, de vous
voir dans votre maifon
de campagne, & que vous

êtes heureux d'en ſçavoir
jouïr !

THEOPHILE.

Helas, Timoleon, appel-
lez-vous en jouïr que d'y
venir quatre fois l'année ? La
Cour & mes devoirs m'oc-
cupent continuellement ;
& ce n'eſt qu'en m'échapant
que je puis venir paſſer quelques jours dans ma ſolitude.

TIMOLEON.

Qu'elle eſt agréable cet-
te ſolitude, & que la ſimple nature qu'on y voit par
tout me feroit bientôt oublier toutes les merveilles
de Verſailles ! La maiſon
eſt

eſt aſſez jolie ; le parterre me plaît fort ; le petit bois eſt delicieux : mais j'aime ſur tout les bords de votre riviere, & je conçois un grand plaiſir à ſe promener le ſoir dans votre prairie.

THEOPHILE.

Je ſens cela tout comme vous ; & il n'y a point de jour de ma vie que je ne me ſouvienne de M. l'Abbé de Lionne. M'avoir fait un ſi beau preſent, & encore de quelle maniere ? à moi abſent dans un pays étranger, pendant que toute la France lui demandoit ce que je ne lui demandois pas !

F

En verité, Timoleon, M. de Corneille a bien raiſon, quand il dit que la façon de donner vaut mieux que ce qu'on donne.

TIMOLEON.

Ho, pour la façon de donner, je vous la diſpute. Il ne m'a pas fait un ſi beau preſent qu'à vous, parce que l'occaſion ne s'en eſt pas preſentée. Mais que dites-vous d'un homme, qui de lui-même, ſans qu'on l'en prie, vient chercher ſon ami, lui demande ſon nom de Baptême, & lui met enſuite dans la main un pe-

tit parchemin, dont il tire-
ra deux cens piftoles chaque année? Il me femble
que la maniere eft affez
galante.

THEOPHILE.

J'en conviens ; & je veux
bien vous affocier à la
conftruction du trophée,
que j'ai deffein de bâtir
à la gloire de mon bien-
faicteur.

TIMOLEON.

Theophile, fans lui fai-
re tort, nous pouvons en
rendre graces à un bien-
faicteur plus puiffant ; à
cét être des êtres qui fe
fert des caufes fecondes

pour executer ses volon-
tez.

THEOPHILE.

Nous ne sçaurions mieux
faire, mon cher Timo-
leon : mais il faut aller pié
à pié. Je me souviens fort
bien de nos dernieres con-
versations. Nous sommes
convenus que notre ame
est une & simple, & qu'é-
tant une & simple, elle
est immortelle ; la des-
truction d'un être dans la
nature ne se pouvant faire
que par la separation des
parties, ce qui ne sçauroit
arriver à un être qui n'en
a point. Je me souviens

encore du raifonnement,
que nous avons fait pour
prouver qu'il y a un Dieu,
& que ce Dieu eft tout
puiffant, tout bon, & tout
fage. J'ai prefente à mon
efprit cette anatomie ad-
mirable du corps humain;
& je vois clairement que
l'homme, ce grand chef-
d'œuvre, ne fçauroit partir
que d'une main toute puif-
fante. Mais qui nous a dit
que ce Dieu, fi fort au
deffus de nous, fe mêle de
nos affaires ? Qui nous a
dit que content de lui-même dans les fplendeurs de
fa gloire, il ne veuïlle pas

jouïr de sa propre felicité, sans daigner jetter les
yeux, pour ainsi parler, sur
des créatures aussi mépri-
sables que les hommes?

TIMOLEON.

Theophile, qu'il est aisé
de vous satisfaire là-dessus! La seule idée d'un Dieu
renferme toutes les perfe-
ctions imaginables. Or s'il
ne prenoit pas soin des
créatures & de toutes leurs
actions, ou ce seroit parce
qu'il ne le pourroit pas, ou
parce qu'il ne le voudroit
pas. L'un est contraire à sa
toute-puissance, l'autre à
sa bonté. Mais, mon cher

Theophile, vous me vou-
lez faire parler : car enfin,
vous-même ne m'avez-vous
pas prouvé la Providence
par le foin que Dieu a pris
dans la création de don-
ner à l'homme tout ce qui
lui eft neceffaire, & par la
bonté qu'il a euë de lui
faire trouver fon plaifir
dans tous fes befoins ? Vous
voyez que j'ai profité de
nos entretiens. Je ne m'en
fuis pas tenu là. Depuis que
je ne vous ai veu, j'ai en-
tretenu d'habiles gens, j'ai
lu de bons livres, j'ai fait
de ferieufes reflexions :
tout m'a fait connoître

un Dieu créateur, un Dieu conservateur, un Dieu qui gouverne tout. Quoi donc ce monde, qui pendant une éternité a demeuré dans le neant, qui pour en sortir a eu besoin d'une main toute-puissante ; ce monde si admirable dans toutes ses parties, pourra-t-il subsister par sa propre vertu, & n'ayant pu se créer, poura-t-il se conserver ? Est-il concevable que le hasard conduise l'univers d'une maniere si sure & si inalterable ? Comment est-ce que le printems succede toujours à l'hiver, &

que sans jamais y manquer,
aprés les fleurs viennent les
fruits ? Cette viciſſitude du
jour & de la nuit qui en
produit une autre du tra-
vail & du repos ; cette mer
immenſe , qu'un peu de
ſable retient dans ſes bornes ; ce flux & ce reflux ſi
incomprehenſible ; ces ſour-
ces éternelles qui arroſent
la terre ; ces fleuves qui cou-
lent continuellement ; ces
animaux tous armez d'ar-
mes differentes pour ſe dé-
fendre de leurs ennemis ;
mais ſur tout cét homme
dans lequel vous avez re-
marqué vous-même tant

de merveilles : tout cela ne nous montre - t - il pas clairement qu'il y a quelque esprit excellent, quelque genie infiniment puissant, qui a compassé toutes ces choses, & qui les conduit & les gouverne par sa providence? Car il ne se contente pas d'avoir donné l'ordre en géneral; il pourvoit à tout en particulier. L'Egypte si feconde seroit sterile, si les eaux du Nil ne lui donnoient une fertilité qu'elle n'auroit point par elle-même. Les pays froids ont des fourures, les pays chauds ont des pluies & des vents frais ; & depuis tant de siecles l'univers ne manque de rien.

Et je vous prie, Theophile, quand nous voyons les jardins & les appartemens de Versailles, & que leur magnificence nous les fait trouver dignes d'être au plus grand Roi de la terre ; quand nous sommes surpris de l'arrangement de tant de merveilles : ne songeons-nous pas au maître de ce palais enchanté ? & dans le même tems que nous admirons sa grandeur & sa puissance, ne louons-nous pas en nous-mêmes cét esprit d'Ordre qui le conduit en toutes choses? Hé, pauvres aveugles, nous admirons Versailles, & nous n'admirons pas l'Univers ! Nous convenons, en voyant les jardins & les appartemens de Versailles, qu'il faut de neceslité que celui qui les a si bien ordonnez soit fort habile : & miserables, en voyant le soleil si brillant, la terre si belle, la mer si majestueuse & si terrible, en voyant tout cela si bien conduit, si bien ordonné, nous avons peine à en reconnoître le conducteur !

Nous ne le voyons pas, il est vrai, ce Dieu ſi admirable, ſi puiſſant. Mais ne le voyons-nous pas dans ſes ouvrages ? & faut-il s'étonner qu'étant ſi fort audeſſus de nous, il échappe à notre foible veûë ? Tout eſt agité par les vents, & nous ne les voyons pas. Le ſoleil même, par qui nous voyons tout, n'eſt-il pas preſque inviſible ? & ſi nous le voulions contempler, ſes rayons ne nous éblouïroient-ils pas ? Et nous croyons pouvoir ſoutenir les regards de celui qui a allumé le ſoleil ! Nous ne voyons pas seulement notre ame qui est si prés de nous, qui nous fait parler, qui nous anime.

THEOPHILE.

Je suis ravi, Timoleon, de vous voir si bien instruit : mais je veux voir si vous répondrez bien à toutes les objections. Je consens que Dieu n'ait pas fait le monde pour l'abandonner au hasard, qu'il regle le cours des saisons, qu'il prescrive des bornes à la mer, qu'il fasse marcher d'un pas égal ces grands corps qui roulent sur nos testes : mais comment voulez - vous qu'il décende dans le détail de toutes les actions humaines? Car pour punir le vice, & pour couronner la vertu, il faut qu'il s'arrête à bien des choses bien petites & bien peu dignes de son atten-tion.

TIMOLEON.

Que dites - vous, Theo-phile! Mesurer Dieu sur les hommes, c'est bien se trom-per. Les Rois de la terre, il est vrai, ne peuvent pas tout voir par leurs yeux, ni par ceux de leurs minis-tres: mais ce Roi des Rois voit tout par lui - même.

Comme il a tout fait, rien ne lui est nouveau, rien ne lui est inconnu : tout est petit, & rien n'est petit à son égard. Il est au Ciel où il jouït d'une felicité éternelle, en jouïssant de lui-même; mais il est aussi sur la terre. Il est loin de nous, & prés de nous : nous vivons avec lui, & nous vivons en lui. Il nous semble que les hommes sont en grand nombre ; mais ils sont fort peu à l'égard de Dieu. C'est nous qui distinguons les païs & les nations ; car à Dieu tout l'Univers n'est qu'un point. Les hom-

mes ont foin de leurs en-
fans; les oifeaux, les beftes
fauvages ont foin de leurs
petits:pourquoi Dieu Createur n'auroit-il pas foin
des creatures? & ne bleffe-
roit-il pas fa bonté infinie aprés les avoir tirez du
neant, s'il les abandonnoit
à leur propre foibleffe? Et
ne croyez pas qu'il puiffe
ignorer la moindre de nos
actions : il connoît tout
par une fcience infinie; &
s'il connoît tout, comme
la feule idée d'un Dieu le
fuppofe, pourquoi ne gou-
vernera-t-il pas tout? Il
ne fçauroit méprifer l'hom-

me, le plus bel ouvrage qui ſoit ſorti de ſes mains : il l'a fait à ſon image, il lui a donné une ame immortelle, il l'a deſtiné pour chanter ſa gloire pendant tous les ſiecles.

Au reſte, ne croyez pas que je vous parle de moi-même : je ne vous dis point ici un ſentiment particulier ; c'eſt l'avis de tous les ſages de l'antiquité, de tous les philoſophes, de ces grands hommes qui avec les ſeules lumieres de la nature ont connu Dieu & ſa providence. Thales, Ana-ximenes, Anaxagoras, Pi-

thagore ont dit que Dieu
eſt un eſprit, qui s'étend
par tout, qui donne la vie
à tout, qui regle tout. De-
mocrite, quoi-qu'il ait fait
valoir les Atomes, ne dit-il
pas ſouvent que Dieu eſt
cette nature premiere &
cette ſuprême intelligence
qui a produit les images?
Épicure lui-même, qui a
cru qu'il n'y avoit point
de Dieux, ou qu'ils étoient
dans une oiſiveté profon-
de, met la nature pardeſ-
ſus tout, & par là ſe con-
tredit lui-même. Mais Platon, le divin Platon, que
n'en dit-il point? Il dit

que par le nom de Dieu, on entend le Pere de l'Univers, le Créateur de l'Ame, l'Auteur du Ciel & de la Terre, incomprehenfible à caufe de fon immenfité, & qu'il fe faudroit bien garder de découvrir aux hommes quand on l'auroit compris. Mais aprés avoir parlé fi magnifiquement de cette intelligence premiere, de cette divinité fouveraine, il admet des intelligences moyennes, pour ainfi parler, divinitez fubalternes, foumifes en tout à la divinité fuperieure, qui s'en fert pour execu-

ter ſes ordres dans le gou-
vernement de l'Univers.
Les Poëtes payens n'ont-ils
pas chanté un fleuve de
feu , des marais ardens
préparez pour le ſupplice
éternel des méchans? Et ne
font - ils pas jurer leur Ju-
piter par les rivages brû-
lans, & par les tenebres de
l'abîme? Quoi donc, dans
le commencement des cho-
ſes, dans la premiere bar-
barie du monde, à la naiſ-
ſance des arts & des ſcien-
ces, des hommes ont pen-
ſé ſi juſte de la Divinité:
& nous avec tant de ſe-
cours, tant d'exemples dans

tous les fiecles, nous avons peine à nous rendre!

THEOPHILE.

Pourquoi donc le monde eft-il fi mal reglé, fi Dieu veut bien prendre la peine de s'en mêler? Pourquoi les gens de bien font-ils perfecutez? Pourquoi voyons-nous profperer les méchans?

TIMOLEON.

Prenez garde, Theophile, de vous tromper dans l'idée que vous vous formez de la felicité. Vous femblez douter de la Providence, parce que vous voyez les gens de bien perfecutez ; vous dites que Dieu les abandonne, parce que vous les voyez quelquefois dans les maladies, dans la mifere, dans la pauvreté : croyez plûtôt que c'eft dans ces occafions qu'il a foin d'eux. Il les aime trop pour leur envoyer du mal : il les exerce pour leur donner le moyen de fe connoître, il les met au feu pour les épurer ; il fait comme un bon pere qui châtie fon enfant pour le corriger de fes defauts. Nous lifons que les Lacedemoniens fouettoient leurs enfans dans les places publiques, & ne vouloient pas seulement que ces petites créatures témoignassent sentir de la douleur, voulant de bonne heure les acoutumer à la constance & à la mort. Dieu fait de même : quand il nous visite par les adversitez, c'est une marque qu'il nous aime ; s'il nous envoye des maladies, c'est afin que notre corps ne s'éleve point contre notre esprit. Ne croyons donc pas que les maladies du corps, que les disgraces de la fortune soient des maux : les gens de bien

les

les regardent comme des faveurs. Ils font tranquilles dans les douleurs ; ils font heureux, dit Seneque, dans le tems que le commun des hommes les croit malheureux ; & Regulus dans les tourmens, mourant pour fa patrie, a plus de plaifir que Mecenas dans les delices, s'endormant au fon des inftrumens.

Admirons donc la conduite de Dieu dans les differentes conditions des hommes. Il permet que les gens de bien foient perfecutez. Ce n'eft que par les

G

travaux qu'on arrive à la gloire. On guerit les blef-fures avec le fer & le feu. Un homme de guerre s'ef-time heureux quand fon Géneral l'expofe au plus grand danger, & le croit digne de monter le pre-mier à l'affaut. Ne nous étonnons donc point à l'afpect du peril : mettons-nous audeffus de la mau-vaife fortune : fi nous nous fentons foibles, reprenons courage à la veûë de noftre ennemi. Un vieux foldat ne pâlit point en voyant couler fon fang , parce qu'en d'autres occafions son sang versé ne l'a pas empesché de vaincre ses ennemis. Si donc nous voyons les gens de bien dans ces états qu'on appelle malheureux, ne les plaignons pas pour cela : ils sont trop heureux pourveu qu'ils recoivent tout de la main de Dieu ; & ne nous faisons pas un sujet de scandale de ce qui fait leur bonheur.

THEOPHILE.

Je conçois que Dieu peut avoir ses raisons pour laisser persecuter les gens de bien : il les veut éprouver dans les afflictions, & par

G ij

là les rendre dignes d'oc-
cuper les places qu'il leur
deftine dans fes taberna-
cles éternels. Mais pour-
quoi donner la fanté, les
honneurs, les richeffes à
des gens qui ne lui de-
mandent jamais rien, qui
fe révoltent contre fa providence, qui font vanité
de leur aveuglement?

T I M O L E O N.

Il faut bien qu'il y ait
des executeurs de la jufti-
ce de Dieu. Les Pharaons,
les Nabuchodonofors ont
été des verges dont Dieu
fe fervoit pour châtier fon
peuple ; mais fouvent ils

n'ont été élevez, qu'afin que leur chute en fût plus grande : c'étoit des bêtes qu'on engraiſſoit pour le ſacrifice ; c'étoit des vi‑ ctimes qu'on couronnoit avant que de les immoler. D'ailleurs les plus méchans n'ont pas été criminels dans tous les momens de leur vie : ils ont pu faire quelques bonnes actions qui meritent recompenſe ; & il ſemble que la juſtice de Dieu leur peut accor‑ der quelque felicité paſſa‑ gere, puis qu'aprés cette vie, leurs crimes feront aſ‑ ſez punis par des ſuppli‑

G iij

ces qui ne finiront point. Saint Augustin nous donne un bel exemple de cette verité, en nous assurant que les Romains ne sont parvenus à une si grande puissance qu'à cause de leur vertu ; & que Dieu les voyant si attachez à la justice, si temperans, si peu touchez des vanitez du monde, retournant à leurs charuës aprés avoir gagné des batailles, voulut récompenser tant d'actions moralement bonnes, en leur accordant l'empire sur la plus belle partie de l'Univers.

Et puis, Theophile, nous nous trompons, quand nous croyons que les méchans peuvent être heureux. Ils tremblent fur ce trône où ils font montez par leurs crimes : les remords les vont chercher au milieu de leurs gardes. Demandez à Cromvel, s'il étoit heureux. Il commandoit à l'Angleterre ; de fimple foldat il étoit devenu Souverain. Mais il avoit peur d'être affaffiné : il s'enfermoit le foir dans fon palais ; il avoit trente chambres, toutes meublées, toutes verrouïllées, & fe couchoit tout seul, tantôt dans l'une, tantôt dans l'autre, pour tâcher de se dérober à ceux qui pouvoient avoir dessein de le punir de ses crimes. Est-ce vivre, que de vivre ainsi?

Mais Theophile, à quoi est-ce que je m'amuse? Vous en pensez plus que moi. Vous m'avez dit cent fois que la providence de Dieu vous étoit sensible: pourquoi donc chercher de vaines raisons? Peut-on vivre heureux, sans connoître Dieu? & puis que les méchans ne connoissent point Dieu, puis qu'ils ne

le fervent point, puis qu'ils
ne l'aiment point, peut-on
dire qu'ils ayent la moindre idée de la veritable felicité ? Ils ont de la fanté, des biens, des hon-
neurs : mais combien de
tems jouïront-ils de tout
cela ? vingt ans, trente ans,
cent ans, fi vous voulez.
Ils mourront enfin, & tous
leurs plaifirs s'évanouïront.
Heureux, s'ils pouvoient
tomber dans ce neant qu'ils
fouhaitent, & qu'ils atten-
dent inutilement ! Ils tom-
beront entre les mains d'un
Dieu irrité, qui faura ven-
ger l'innocence qu'ils ont

opprimée; & qui leur apprendra, mais trop tard, combien fa juſtice eſt ſevere, & ſa main peſante.

THEOPHILE.

Aprés cela, Timoleon, je n'ay plus rien à vous dire; & vous voilà dans le bon chemin.

TIMOLEON.

Voulez-vous, mon cher Theophile, que je vous avouë la verité? La Religion eſt dans mon eſprit, mais elle n'eſt pas encore dans mon cœur. Vos raiſons m'ont convaincu de l'immortalité de mon ame, & de l'exiſtence de Dieu;

je n'ai rien à y répondre.
Je ne vois pas comment on
peut douter de la Provi-
dence. Et cependant je me
fens encore enchaîné par
mes paſſions. Il faut que
Dieu s'en mêle, & je croi
qu'une bonne maladie eſt
le ſeul moyen de me faire
rentrer en moi-même.

b. le Clerc f.

DIALOGUE

SUR

LA RELIGION.

THEOPHILE, TIMOLEON.

THEOPHILE.

VOus me l'aviez bien dit, Timoleon, qu'il vous falloit une maladie pour vous convertir. Hé bien Dieu vous a visité: vous avez veu la mort de prés; & puis que je vous trouve ici dans un lieu de retraite, au milieu de la vertu & de la sainteté, je vois bien que vous en avez profité.

TIMOLEON.

C'eſt du moins mon intention: j'y ferai tous mes efforts, car entre nous je n'ay plus rien qui m'arrête. Mon eſprit eſt convaincu, mon cœur eſt touché; & c'eſt à vous, mon cher Theophile, à qui j'en ai l'obligation. C'eſt vous qui avez jetté dans mon ame

les premieres femences de
la vertu ; c'eſt vous qui m'a-
véz fait fentir que mon ame
eſt immortelle ; c'eſt vous
qui m'avez fait connoître
ce Dieu qui m'a tiré du
neant, & qui m'empefche
d'y retomber à tous mo-
mens : & fur ces grands
principes que vous m'avez
fi bien établis, je n'ai aucune peine à me foumettre
à tous les miſteres de la
Religion Chrétienne.

THEOPHILE.

Je fuis ravi, mon cher
Timoleon, que ce que je
vous ai dit fur l'immortalité de l'ame, & fur l'exiſ-

tence de Dieu, ait produit en vous un si bon effet. Je voi bien que vous êtes Chrétien par le cœur; mais il faut encore l'être par l'esprit. Il faut que je vous parle de Jesus-Christ, il faut que nous examinions ensemble les raisons des Juifs & celles des Mahometans, celles même de nos nouveaux Héretiques; car enfin la matiere est assez importante pour l'examiner, & merite bien que je vous en dise deux mots.

TIMOLEON.

Vous ne m'avez rien dit là-dessus; mais Dieu m'a

parlé. Je croi, j'ai la Foi, &
toute votre capacité, toute votre éloquence ne me
l'auroit jamais donnée. Ne
vous ai-je pas dit cent fois
que fuppofé la providence
d'un Dieu createur & con-
fervateur, je ne concevois
pas non - feulement qu'on
pût fe paffer d'une Religion
pour l'honorer, mais même
qu'il y en pût avoir d'autre
que la Chrétienne? Et en
effet la veritable Religion
ne doit - elle pas obliger à
aimer Dieu ? ne doit-elle
pas avoir connu la concu-
pifcence de l'homme, & l'im-
puiffance où il eft par lui-

même d'aquerir la vertu? Et cependant entre ce grand nombre de Religions différentes qui font dans le monde, la feule Religion Chrétienne ordonne d'aimer Dieu, & de lui demander pardeffus tout la grace de l'aimer & de le fuivre.

Il y a beaucoup de chofes, difoit Saint Auguftin, qui me retiennent dans l'Eglife Catholique: le confentement des peuples ; l'autorité commencée par les miracles, nourrie par la Foi, augmentée par la Charité, confirmée par l'antiquité;

la succession des Evêques dans la Chaire de Saint Pierre.

Nous pouvons donc croire avec prudence tout ce que la Foi Chrétienne nous enseigne : tant de gens d'esprit, d'autorité, de doctrine, tant de Martyrs de toutes conditions, de tout sexe, de tout âge l'ont cru avant nous.

Qui ne s'étonnera, dit S. Jean Chrysostome, de voir la Religion Chrétienne établie dans toutes les parties du monde par peu de gens, pauvres, de la lie du peuple, sans éloquence, sans armes, sans richesses? Religion contraire à toutes les passions, qui menent les hommes : & cependant nous avons vu les plus grands princes, les plus habiles philosophes, les sages du monde, les riches du siecle, quitter la Religion de leurs peres, abandonner tout pour renoncer à soi-même, & porter la Croix. Aprés cela ne faut-il pas s'écrier avec le Profete, *Ce changement vient du Tres-haut?*

Que dirons-nous des miracles de Jesus-Christ? Toute la terre en a été témoin; les livres même des Payens

en font pleins. Ce filence
des oracles, dont il eft parlé dans Plutarque, s'eft fait
à la venuë du Sauveur du
monde : cette éclipfe du
foleil, qui à fa mort trou-
bla l'ordre de la nature,
eft rapportée dans Phlegon
Chronologue Payen ; &
Tertullien, en défendant
l'Eglife devant les Payens,
affure que l'Empereur Tibe-
re étant informé des mi-
racles de Jefus-Chrift par
Pilate qui lui en avoit envoyé une relation, propofa
au Senat de le mettre au
nombre des Dieux, &
menaça du fupplice ceux

qui accuseroient les Chrétiens.

Les miracles presque innombrables qui ont été faits au nom de Jesus-Christ, ne prouvent-ils pas sa divinité ? Guerissez les malades, disoit-il à ses Apôtres, ressucitez les morts, nettoyez les lepreux, chassez les démons.

Les Proféties faites longtems avant la venuë de Notre Seigneur, ne nous devroient-elles pas toucher, quand nous y voyons jusques aux moindres circonstances de sa Passion, & qu'il y renvoye les Juifs incredules ? Aprofondiſſez les Ecritures, leur dit-il, vous y verrez les témoignages qu'elles rendent de moi.

Oublierons-nous la ſainteté de la Morale Chrétienne, qui ne ſçauroit être ſi pure, ſi conforme à la droite raiſon, ſans avoir la verité pour fondement ?

Enfin, quand nous n'aurions pas tant & de ſi bonnes raiſons de nous ſoumettre aux veritez de la Foi, la ſeule perſonne de Jeſus-Chriſt brillante de tant de miracles, ſon innocence, la ſainteté de ſa vie, ſon humilité, vertu

inconnuë à tout le Paganiſ-
me, ſa douceur, ſa chari-
té même envers ſes plus
cruels ennemis, ne nous feroient - elles pas aſſez voir
qu'un tel homme étoit au-
deſſus de l'homme, & que
ſa doctrine eſt la doctrine
d'un Dieu ?

THEOPHILE.

Voilà une foule de bon-
nes raiſons.

TIMOLEON.

A mon avis, la meilleure
de toutes eſt l'accompliſ-
ſement des Proféties. Les
Juifs n'ont rien à y répondre. Ils conviennent que les
Proféties ont été faites
dans

dans des temps non suſ-
pects, puis qu'elles ſont contenuës dans ces livres qu'ils
eſtiment ſacrez , & dont
l'antiquité leur eſt auſſi vé-
nérable qu'aux Chrétiens;
ces livres qu'ils reconnoiſ-
ſent avoir été dictez par
l'Eſprit de Dieu, quoi-qu'ils
y ſoient dépeints comme
un peuple rebelle, ingrat,
indocile & brutal. Jacob,
avant que de mourir, pré-
dit que la ſouveraine puiſſance ne ſera oſtée de la
maiſon de Juda , qu'à la
venuë de celui qui doit
être envoyé, & qui eſt l'at-
tente de toutes les nations.

H

Les Juifs même ont enten-
du cette Profétie du Mef-
fie. Or il paroît clairement
qu'elle a été accomplie à
la venuë de Jefus - Chrift;
& pour cela il ne faut que
fe fouvenir de l'hiftoire des
Juifs. Il eft certain qu'aprés
la fortie d'Egypte, quand
ils commencerent à faire
une nation à part, chaque
Tribu, & celle de Juda comme les autres, fut gouver-
née fous Moïfe & fous les
Juges, par fes Chefs ou Ma-
giftrats qui avoient une autorité fouveraine: mais dans
la fuite, David qui étoit de
la Tribu de Juda, ayant

été facré Roi des Juifs, éle-
va fa Tribu audeffus des
autres, & la fouveraine puiffance n'en fortit plus jufqu'au temps de Jefus-Chrift.
Car quoi - que les Macha-
bées ou Afmonéens, qui re-
gnerent aprés la famille de
David, fuffent de la Tribu
de Levi, quoi-que le grand
Herodes fût Iduméen, l'E-
tat porta toûjours le titre
de Royaume de Juda; & ce
ne fut qu'aprés la venuë de
Jefus-Chrift, aprés la mort
d'Herodes, ou fi vous voulez aprés celle d'Agrippa
fon petit-fils, que le Royaume de Juda fut abfolument

éteint, & les Juifs difper-
fez par toute la terre. Da-
niel révéré pour fa pieté,
même par les Rois infidel-
les, & employé pour fa prudence aux plus grandes affaires de leur Etat, prédit
qu'aprés foixante & dix femaines depuis la permif-
fion de rebâtir Jerufalem, le
Chrift, c'eft à dire le Mef-
fie, viendra & fera mis à
mort, la ville ruinée, le fa-
crifice aboli, le peuple dif-
perfé, la defolation jufqu'à
la fin des fiecles. Or en pre-
nant ces femaines pour des
femaines d'années felon la
façon de conter des Pro-

donc de leur montrer en ge-
neral qu'ils ont eu tort en
cela ; & en fapant le tronc
on fera tomber tout d'un
coup toutes les diverfes
branches. Pour cela je croi
qu'il n'y a que deux chofes
à faire: l'une, de leur faire
voir que c'eſt à tort qu'ils
accufent l'Eglife Romai-
ne d'une infinité d'erreurs
qu'elle n'a jamais receuës ni
enfeignées ; & en fecond
lieu, que le principe qu'ils
ont pris pour l'établiffe-
ment de leur Religion, eſt
un principe faux, & qui les
conduit, fans qu'ils puiſ-
fent s'en empêcher , en

toutes sortes d'erreurs.

TIMOLEON.

Je voudrois bien sçavoir par laquelle de ces deux choses-là vous avez commencé à vous détromper.

THEOPHILE.

Je vous avouerai la verité. J'étois si persuadé que l'Eglise Romaine enseignoit toutes les erreurs qu'on lui attribuë ordinairement, que je ne songeois point du tout à elle, quand j'ai fait les premiers pas qui m'ont enfin obligé à rentrer dans sa communion. J'étois si plein de tous ces noms d'idolatrie, de superstition, de ti-

fetes , & en faifant rebâtir Jerufalem la vingtieme
année d'Artaxerxes qui en
donna la permiffion, tou-
tes ces femaines fe trouve-
rent juftement écoulées à
la mort de Jefus-Chrift, &
l'on vit bientôt aprés l'effet des menaces que le
Profete avoit faïtes aux
Juifs.

THEOPHILE.

L'état où l'on voit les
Juifs eft encore une grande preuve de notre Reli-
gion. D'où vient que leur
Sacrifice qui devoit toû-
jours durer, a ceffé depuis
tant d'années ? Leur difper-

sion par toute la terre ne doit-elle pas être attribuée à un crime plus grand que ceux qui avoient causé leur captivité en Babylone? Or quel est ce crime plus grand que l'idolatrie, si ce n'est la mort du Messie?

Depuis combien de tems n'ont-ils plus de Profetes, pas même de faux? Et comment pourroient-ils reconnoître le Messie aux marques qui en sont données dans l'Ecriture, par exemple, qu'il doit être de la race de David, puis qu'ils n'ont plus rien de certain dans leurs Genealogies?

N'eſt-ce pas une choſe
étonnante de voir ce peu-
ple ſubſiſter depuis tant
d'années, & de le voir toûjours miſerable, étant neceſſaire pour la preuve de
Jeſus-Chriſt, & qu'ils ſubſiſ-
rent pour le prouver, &
qu'ils ſoient miſerables, puis
qu'ils l'ont crucifié? Enfin
ce peuple tant de fois vain-
cu, ce peuple tant de fois
captif, ſurvit encore à ſes ſu-
perbes triomphateurs. Nous
ne voyons plus d'Aſſyriens,
de Medes, de Babyloniens,
de Perſes, ni de Romains;
ces grands Empires ſont é-
vanouïs: & nous voyons

encore des Juifs dans tou-
tes les parties du monde; comme fi Dieu n'avoit vou-
lu les foutenir depuis tant de fiecles contre la haine & le mépris de toutes les nations, que pour les obliger à rendre un témoigna-
ge autentique à la verité des Ecritures.

Les Mahometans ont en-
core moins de raifons à nous oppofer que les Juifs. Quelle autorité a leur Profete ? quels miracles a - t-
il faits ? quelles proféties l'ont annoncé? de quel peuple étoit-il attendu? Quelle difference entre la beauté

ſimple de l'Evangile & les
ſottiſes de l'Alcoran ? Car
enfin on voit parfaitement
bien que l'Alcoran a été é-
crit par un ignorant , qui
ayant appris confuſément
dans la converſation de
quelques Juifs & de quelques
Chrétiens, une partie de leur
hiſtoire & de leur morale, en
a fait une compilation fort
mal entenduë. Et ſans en-
trer dans le détail de toutes les abſurditez que l'on
y trouve , remarquez , je
vous prie , que de Marie
ſœur de Moïſe & de Marie
mere de Jeſus-Chriſt , il
n'en a fait qu'une ſeule per-

sonne. Il y en a une infinité de cette force. Peut-on
croire aprés cela que ce livre soit l'ouvrage du Saint
Esprit? La doctrine de Mahomet s'est établie par les
armes: celle de Jesus-Christ
par le martyre. Si en consultant la prudence humai-
ne Mahomet devoit réüssir,
Jesus-Christ devoit perir;
& au lieu de conclure, que
puis que Mahomet a réüssi,
Jesus-Christ a bien pu réüssir, il faut dire que puis que
Mahomet a réüssi, le Chris-
tianisme devoit perir, s'il
n'eût été soutenu par une
force toute divine.

TIMOLEON.

En voilà aſſez, mon cher Theophile, contre les Mahometans, & même contre les Juifs. Mais parlons un peu des Proteſtans, ces nouveaux profetes, ces prétendus apôtres, qui dans le ſiecle dernier ſe ſont donné eux-mêmes leur miſſion, & qui ſous prétexte de réformer l'Egliſe, ont fait tous leurs efforts pour la défigurer. Je ſçai que vous avez été autrefois de leur Religion ; & puis que vous l'avez quittée avec connoiſſance de cauſe, & aprés un long examen, vous en devez connoître le foible.

THEOPHILE.

Ce seroit une chose infinie que d'attaquer chaque secte de Protestans, l'une aprés l'autre. Et par parenthese, je donne le nom de Protestans à tous ceux qui se separerent de l'Eglise Romaine dans le siecle passé, quoi-que je sçache bien que ce nom-là ne convient proprement qu'aux Lutheriens & aux Calvinistes d'Allemagne. Ils ont pris diverses routes, & ont tous fait la même faute, qui a été de quitter l'Eglise. Il suffira

donc de leur montrer en ge-
neral qu'ils ont eu tort en
cela ; & en fapant le tronc
on fera tomber tout d'un
coup toutes les diverfes
branches. Pour cela je croi
qu'il n'y a que deux chofes
à faire : l'une, de leur faire
voir que c'eſt à tort qu'ils
accuſent l'Egliſe Romai-
ne d'une infinité d'erreurs
qu'elle n'a jamais receuës ni
enſeignées ; & en ſecond
lieu, que le principe qu'ils
ont pris pour l'établiſſe-
ment de leur Religion, eſt
un principe faux, & qui les
conduit, ſans qu'ils puiſſent s'en empêcher, en

toutes fortes d'erreurs.

TIMOLEON.

Je voudrois bien fçavoir par laquelle de ces deux chofes-là vous avez commencé à vous détromper.

THEOPHILE.

Je vous avouerai la verité. J'étois fi perfuadé que l'Eglife Romaine enfeignoit toutes les erreurs qu'on lui attribuë ordinairement, que je ne fongeois point du tout à elle. Quand j'ai fait les premiers pas qui m'ont enfin obligé à rentrer dans fa communion, j'eftois fi plein de tous ces noms d'idolatrie, de fuperftition, de ti-

rannie Papale, d'Antechrift,
&c. que quand je commen-
çai à être en âge d'examiner la Religion, il ne me
vint jamais dans l'esprit de
songer à voir un moment
si je pouvois être Catholique. Tout mon soin étoit
de me fortifier dans ma
Religion ; & si je songeois
à examiner d'autres créances, ce n'étoit que celles qui
s'étoient separées de la Religion Romaine, comme
la Lutherienne & la Soci-
nienne. Comme j'ai toû-
jours tâché à avoir de l'ordre dans mes pensées, je
commençai par le premier

principe, qui met de la dif-
ference entre les Catholi-
ques & toutes les autres
créances de Chrétiens ; & je
trouvai que ce principe-là
me fournissoit tous les jours
quelque nouvelle Religion,
ou tout au moins quelque
nouvelle opinion sur la Religion.

TIMOLEON.

De grace, quel est ce
principe qui produit de si
terribles effets ?

THEOPHILE.

Ce principe qui est com-
mun à tous les Héretiques,
est que l'Ecriture Sainte
nous a été donnée pour

l'unique regle de notre croyance, & que chaque Chrétien la doit examiner pour y trouver ſa Religion, ſans ſe rapporter à aucune autorité dans l'explication des paſſages même les plus difficiles.

Quand je voulus me conduire par ce principe-là en liſant l'Ecriture Sainte, & que pour ne me point laiſ-ſer prévenir à aucune au-torité, je voulus oublier pour quelque tems tout ce que j'avois appris dans mon Catéchiſme, & tout ce que l'on m'avoit enſeigné juſ-ques-là : je me trouvai tous les jours dans de nouveaux embarras. Quoi-que je ne me soumisse à aucune autorité, je consultois pourtant des livres & des docteurs de plusieurs opinions differentes; mais ce n'étoit que dans le dessein de juger par mes propres lumieres, qui d'entre eux avoit tort, qui d'entre eux avoit raison. Et pour ne rien omettre de tout ce que je croyois pouvoir servir à me faire connoître le veritable sens de l'Ecriture, je voyageai dans toutes les parties de l'Europe qui ont abandonné la créance de l'E-

glife Romaine. J'écoutai
pendant quelque tems des
leçons de theologie des plus
habiles profeſſeurs d'Allemagne ; je raiſonnai avec
des docteurs Lutheriens ,
Calviniſtes , Anabatiſtes ,
Sociniens , & avec une infinité d'autres , qui n'ayant
que des opinions particu-
lieres, n'ont point fait de
ſecte qui ait de nom : mais
plus je cherchois à m'éclaircir , & moins je trouvois
de lumieres. Chacun d'eux
expliquoit l'Ecriture à ſa
fantaiſie. Le Socinien m'al-
leguoit des paſſages auf-
quels j'avois peine à ré-

pondre. J'eusse bien voulu
me servir de l'autorité des
Conciles & des Peres ; mais
dés que j'en voulois parler,
il m'imposoit silence , en
me remontrant que j'en
usois comme les Papistes :
& si pour lui répondre je
consultois quelque autre
docteur , au lieu d'une erreur que je fuyois, j'en trouvois une nouvelle. Dans
cette incertitude de sen-
timens, j'aurois bien voulu que Dieu eût établi u-
ne autorité infaillible à laquelle chaque particulier
eût pu avoir recours pour
connoître ce qu'il devoit

croire & ce qu'il devoit faire.

TIMOLEON.

Sans doute, c'eſt ce que vous trouvâtes dans l'Egliſe Catholique.

THEOPHILE.

Helas, Timoleon, j'étois ſi prévenu contre elle, que je ne ſongeai pas ſeulement à conſuler des docteurs que j'avois regardé toute ma vie comme les défenſeurs de l'idolatrie, & les eſclaves de la tirannie Papale. Je me plaignois ſeulement de l'état d'incertitude où j'étois encore, aprés tant de ſoins que j'avois pris pour con-

noître la verité. Je trouvois les hommes bien mal-
heureux de ne pouvoir connoître avec certitude ce
qu'il falloit croire, & ce
qu'il falloit faire pour être
agréable à Dieu ; & lors
qu'aprés tant d'années d'é-
tudes, de voyages, de confe-
rences & de soins pour connoître la verité, je remar-
quois que j'étois beaucoup
plus incertain que je ne l'a-
vois été au sortir du Colle-
ge, je me plaignois, mais
je plaignois encore plus les
autres. Car enfin, disois-je
en moi-même : Je ne dois
pas desesperer, je suis jeune,

j'ai l'efprit porté aux fciences, l'état de ma fortune
me permet de voyager, &
de confulter les plus habiles gens de l'Europe, appa-
remment je découvrirai la
verité; mais pour le com-
mun des hommes qui n'ont
ni les mêmes inclinations,
ni les mêmes ouvertures,
d'efprit, ni les mêmes com-
moditez pour s'inftruire,
comment eft - il poffible
qu'ils trouvent la verité?
Je vous avouerai le vrai,
mon cher Timoleon: cêt
amour du public, dont un
de nos amis me raille quelquefois, fit faire à mon

cœur les premiers pas pour détromper mon esprit. Je ne me croyois point hors d'état de parvenir par moi-même à la connoiſſance de la verité : ainſi je n'étois point touché de ma propre miſere, mais celle des autres me faiſoit de la peine. J'étois affligé de voir tant de gens dans l'impuiſſance de connoître ce que Dieu veut de nous ; & je ne pus m'empêcher de croire, que Dieu étant auſſi juſte & auſſi bon qu'il eſt, il ne pouvoit pas avoir rendu le ſalut des hommes auſſi difficile qu'il l'auroit été ſelon

ce

ce principe dont nous a-
vons déja tant parlé. Car
enfin, difois-je, s'il faut,
comme on me l'a enfeigné,
& comme le croyent tous
ceux qui ont quitté l'Eglife Romaine, s'il faut que
chaque particulier cherche
par fes propres lumieres le
veritable fens de tous les
paffages de l'Ecriture Sainte; s'il faut qu'il foit, pour
ainfi dire, l'artifan de fa
propre Religion; fi de tous
ces abîmes facrez, où j'erre
depuis fi long-têms fans
trouver que des lueurs in-
certaines, il faut que chaque particulier tire la lu-

I

miere du falut, fans le fecours des langues que je
fçai, & des fciences que j'ai
déja apprifes, fans l'aide
des commentateurs que j'ai
lus, & des docteurs que j'ai
confultez : comment pour-
ra-t-il faire au milieu de
tous les foins où l'engagent
fes affaires domeftiques &
fes neceffitez particulieres,
fi moi qui y travaille depuis tant de tems avec tous
ces fecours, je me trouve
encore plus incertain au-
jourd'hui que je ne l'étois
le premier jour ?

TIMOLEON.
Mais comment eft-il pof-

fible qu'avec un efprit droit, vous fiffiez tant de mauvais raifonnemens?

THEOPHILE.

Ne vous y trompez pas, Timoleon : je n'avois pas tant de tort de raifonner ainfi. Mon principe eftoit mauvais, il eft vrai : mais je raifonnois confequemment, & je n'avois pas oublié la methode des Geometres. Plus je raifonnois jufte, plus il y avoit d'erreurs en mes confequences ; & cela ne pouvoit pas être autrement, le principe fur lequel je raifonnois étant faux. Quand on s'eft une

I ij

fois égaré, plus on va droit, plus on s'éloigne du but; & de deux hommes qui se sont égarez, celui qui ne va pas droit peut par hasard rentrer dans le bon chemin, ce qui ne peut pas arriver à celui qui va droit.

TIMOLEON.

Que ne vous défaisiez-vous donc d'un principe dont vous découvriez vous-même de si dangereuses suites?

THEOPHILE.

Cela commença à me le rendre suspect, mais je ne pouvois me résoudre à l'abandonner. Je voulois être

Chrétien ; j'étois touché des raisons qui vous ont touché à votre tour : & voulant être Chrétien, il falloit ou recevoir ma Religion de l'Eglise Catholique, ou la trouver moi-même dans l'Ecriture Sainte. Le premier me paroissoit impossible, tant j'étois prévenu ; & quoi-que le second parti me parût tres-difficile & tres-dangereux, je ne perdis pas pourtant courage, & j'entrepris de nouveaux voyages pour voir des docteurs dont on m'avoit dit beaucoup de bien.

TIMOLEON.

Quoi, Theophile, pendant que vous faisiez la guerre aux Turcs, pendant que vous cherchiez les sieges & les combats en Suede & en Pologne , que vous vous trouviez à des batailles avec ce grand Prince qui vient de donner le coup fatal à la Grandeur Othomane , pendant que vous aqueriez une si grande connoissance des interêts de tous les Princes de l'Europe, & de ce qu'il y a de plus curieux dans leur histoire, & de plus fin dans leur politi-

que, vous eſtiez auſſi Theo-
logien !

THEOPHILE.

Quoi-que je commençaſ-
ſe à voir qu'il y avoit quelques defauts dans le principe ſur lequel j'avois agi juſques là, je ne me laſſai point
d'examiner. Mais l'équité
naturelle me fit penſer que
ce ne ſeroit point mal fait,
aprés avoir conſideré toutes les Religions amies ou
dépendantes de celle où j'é-
tois né, d'examiner juſques
dans ſon trône, la Religion
pour qui j'avois eu juſques-
là une ſi terrible averſion ;
& pour cela je réſolus de

faire un voyage à Rome, & pris pour y aller l'occafion d'un Conclave. Mais je ne m'apperçois pas, Timoleon, que fans y penfer je vous conte l'hiftoire de ma vie.

TIMOLEON.

Et c'eft ce qui me touche davantage. J'aime bien mieux voir au naturel le progrés que la verité a fait fur vous, & les divers chemins par où Dieu vous a mené pour vous conduire à la connoiffance de la veritable Religion, que les fpeculations imaginaires d'un froid contemplatif. Et je

vous prie que rien ne vous
empêche d'achever ce que
vous avez fi bien commen-
cé.

THEOPHILE.

J'allai donc à Rome ; &
les defordres de la Cour
Romaine ne me parurent
pas fi grands que l'on me
les avoit dépeints. Mais
quand ils auroient répondu
aux peintures affreufes que
l'on m'en avoit faites, cela
n'auroit fait aucune im-
preffion fur mon efprit ; &
je fçavois affez diftinguer
la pratique d'avec la doctrine, pour être fcandalifé de
la vie des Prélats, fans en

I v

croire leur doctrine plus fausse. Mais aussi, à vous dire le vrai, si tout ce que je vis à Rome me donna meilleure opinion de l'Eglise Romaine que je n'avois eu jusques-là, j'en rapportai toûjours les mêmes préventions contre sa doctrine. Je voyois bien qu'il n'y auroit jamais rien de certain dans la Religion, tant que l'on n'établiroit pas une Eglise infaillible. Je voyois bien que cette Eglise infaillible ne se pouvoit trouver dans toutes les Communions nouvelles, puis qu'elles ont pour fonde-

ment que l'Eglife peut er-
rer, & qu'outre cela elles
font toutes fondées fur ce
même principe qui me te-
noit depuis fi long-tems
dans l'incertitude. Mais
auffi je ne pouvois m'imaginer qu'il fallût chercher
cette infaillibilité dont j'a-
vois tant befoin dans une
Communion qui me fem-
bloit fondée fur la tirannie
du Pape, & dont il me pa-
roiffoit que tous les dogmes ne portoient qu'à l'a-
doration des hommes, &
des créatures beaucoup in-
ferieures aux hommes, à
une préfomption terrible

fur fes propres merites, & à tant d'autres monftrueufes créances, pour lefquelles on m'avoit infpiré de l'horreur dés le berceau.

J'étois dans cette agitation d'efprit, ne fçachant de quel côté me tourner : enfin laffé de mes incertitudes, je réfolus de faire un dernier effort pour en fortir ; & me retirant de toutes les autres occupations, je deftinai fix mois à la priere, à la lecture des bons livres, & à conferer avec des gens de bien & de fçavoir.

Plus j'examinois la Reli-

gion dont je faifois profef-
fion, & toutes les autres
qui lui reffemblent, plus
j'y trouvois de difficulté.
J'étois en ce tems-là à Paris, où je ne faifois nulle
façon de difputer de Religion avec tous ceux qui
m'attaquoient. Je me ti-
rois aifément d'affaire avec
ceux qui ne raifonnoient
que fur quelques matieres
particulieres dont on peut
fortir par quelques explications ingenieufes, ou par
quelques traits d'érudi-
tion: j'étois affez inftruit
dans la controverfe de mes
anciens maiftres pour ne

m'embarasser pas. Mais pour ceux qui connoissant les veritables fondemens de la Religion Prétenduë Réformée, l'attaquoient par ses principes, j'avouë que je ne sçavois que leur répondre; & j'étois de trop bonne foi pour ne pas convenir de ce que j'avois éprouvé tant de fois, que le principe sur lequel ils bâtissent toute la recherche de la verité, est une source inépuisable d'erreurs, qui fait que chaque particulier ne consultant que sa raison, sans se soumettre à aucune autorité, se fait une expli-

cation particuliere de chaque passage de l'Ecritu-
re. J'avois éprouvé dans
mes voyages, & j'éprou-
vois encore tous les jours
dans la conversation de tous
les Protestans à qui je par-
lois, que non seulement le
Lutherien trouvoit l'impa-
nation dans l'Ecriture par
des raisons qui lui paroissent
invincibles ; le Calviniste la
manducation réelle, quoi-
que spirituelle, du Corps de
Jesus - Christ ; le Zuinglien
la simple participation au
merite ; l'Arien la création
du Verbe avant toutes choses, & son union dans le

tems avec l'humanité de Jesus-Christ ; le Socinien la filiation purement adoptive de Jesus-Christ, & sa simple & pure humanité ; l'Anabatiste la necessité de ne batiser que ceux qui sont en âge de raison ; & ainsi des autres sectes : j'éprouvois, dis-je, qu'outre tant de sectes differentes, chaque particulier se faisoit une religion à sa mode, differente de celle dont il faisoit profession exterieure ; se faisoit des explications particulieres des passages de l'Ecriture, & de nouvelles regles de morale pour la conduite de sa vie. Je convenois que toutes ces suites dangereuses étoient l'effet naturel de leur principe , & qu'on y auroit remedié par une autorité infaillible : je la souhaitois , je la demandois. J'avois même remarqué que les Hollandois avoient été obligez d'avoir recours à l'autorité du Sinode de Dordrecht pour terminer les disputes des Gomaristes & des Arminiens, comme on peut voir dans le livre qu'en a écrit M. Maimbourg. Mais encore une fois, je ne pouvois reconnoître cette

autorité dans l'Eglife Romaine; & je ne l'aurois pas
reconnuë fans le fecours de
M. l'Abbé Boffuet, prefentement Evêque de Meaux.
Dans les converfations que
j'eus avec lui, il n'attaqua
prefque jamais la Religion
dont je faifois encore pro-
feffion, par les dogmes particuliers : c'eut été une affaire infinie. Il étoit preffé
de me faire connoître la
verité : il voyoit bien que
je ne tenois quafi plus à
l'erreur, & que dans les agi-
tations où j'étois il n'y a-
voit qu'à m'ouvrir un port.
Il connut aifément que j'é-

tois perſuadé de la fauſſeté de mon ancienne Religion, & de l'inſtabilité de ſon principe; & qu'il n'y avoit qu'à me faire connoître les beautez & la certitude de celle où je pouvois trouver le repos de mon eſprit, & le ſalut de mon ame. Pour cela il s'appliqua avec ſoin à ôter à l'Egliſe Romaine le maſque hideux que lui avoient donné les docteurs Proteſtans. Il ſepara la veritable doctrine d'avec les conſequences que l'on lui a fauſſement attribuées; & en pluſieurs converſations, il me dit, à propos des objections que je lui faisois, la plusparc des choses que vous avez luës dans son livre de l'Exposition de la Doctrine Catholique. Il m'en donna un manuscrit que je lus avec soin. Il ne se contenta pas de me faire connoître avec certitude combien les calomnies des Prétendus Réformez étoient mal fondées : il me fit considerer que tous ces mêmes motifs de succession, de miracles, de proféties, de progrés miraculeux dont vous avez parlé à l'avantage de la Religion Chrétienne, sont particuliers à l'E-

glife Catholique; & fes raifons vives & folides pene-
trant mon efprit par la grace de Dieu que je deman-
dois depuis long-tems, me
déterminerent enfin à me
faire Catholique, & ce fut
entre fes mains que j'abju-
rai toutes mes erreurs.

TIMOLEON.

Que je vous fuis obligé,
mon cher Theophile, des
belles chofes que vous venez de me dire !

THEOPHILE.

Je ne vous ai dit que ce
qui m'eft venu à l'efprit,
& il y en auroit encore à
dire une infinité d'autres

aussi convaincantes. Mais, Timoleon, puis que vous êtes content de moi, ne me refusez pas ce que je m'en vais vous demander: contez-moi l'état où vous étiez quand vous avez cru mourir.

TIMOLEON.

Helas, Theophile, à quelle épreuve mettez-vous mon amitié? Pourquoi vouloir que je vous découvre toutes mes foiblesses? Mais j'ay tort de m'en plaindre: Dieu veut que je m'humilie; l'humilité est la premiere vertu du Chrétien, & je m'en vais tâcher à la pratiquer. J'é-

tois, Theophile, vous le
fçavez, dans une fanté parfaite. La mort précipitée
de la Reine à peine m'a-
voit fait faire quelques réflexions, quand tout d'un coup
je me fentis accablé par une
fievre violente : mes forces
au bout de trois jours fu-
rent perduës, mon cœur abbatu. J'envifageai la mort
que j'avois cru fi éloignée ;
bientôt aprés j'en vis tout
l'appareil effroyable : je me
vis dans un lit entouré de
Prêtres, au milieu des cier-
ges funebres, mes parens
triftes, les medecins éton-
nez, tous les vifages m'an-

nonçant l'inftant fatal de
mon éternité. Ho, qui
pourroit dire ce que je
penfai dans ce moment terrible : car fi mon corps é-
toit abbatu, fi je n'avois
quafi plus de fang dans les
veines, mon efprit en étoit
plus libre & ma tête plus
dégagée. Je vis donc, ou je
crus voir, les Cieux & les
enfers ; je vis ce Dieu fi
redoutable fur un trône
de lumiere, environné de
fes Anges : il me fembloit
qu'il me demandoit conte
de toutes les actions de ma
vie, des graces qu'il m'a-
voit faites, & dont j'avois
abufé ;

abuſé ; & je n'avois rien
à lui répondre, rien à lui
offrir pour ſatisfaire à ſa
juſtice. Je voyois en mê-
me tems les abîmes ou-
verts prêts à m'engloutir,
les demons prêts à me de-
vorer, les feux éternels deſ-
tinez à la punition de mes
crimes. Non , Theophi-
le, on ne ſçauroit s'ima-
giner ce que c'eſt que tout
cela, ſi on n'y a paſſé. Car
ne croyez pas dans cét état,
quand l'ame eſt prête à ſe
ſeparer du corps, ne croyez
pas qu'on voye les choſes
comme nous les voyons
preſentement. Les miſteres

K.

les plus incomprehenſibles paroiſſent clairs comme le jour : l'ame quaſi dégagée de ſon corps a des clartez nouvelles. Nous voyons la juſtice de Dieu qui nous va punir, & nous ne préſumons plus de ſa miſericorde. Pour moi, je vous avouë que j'eus grand' peur. Je demandois pardon à Dieu de tout mon cœur. J'aurois bien voulu avoir le tems de faire penitence, mais la mort me talonnoit de prés. J'avois entendu les medecins dire : Il ne ſera pas en vie dans deux heures. Que faire donc ? quel parti prendre ? Je ne fentois rien, je ne me fouvenois de rien qui pût me donner la moindre efperance ; je ne me voyois aucun moyen de racheter mes pechez par l'aumône ; enfin toutes les portes du Ciel me paroif-foient fermées. J'avois pour-tant receu tous mes Sacre-mens, & m'étois préparé le mieux que j'avois pu à ce paffage fi terrible. Mais, Theophile, qu'eft-ce qu'u-ne préparation précipitée ? & que peut penfer dans ces derniers momens, au mi-lieu des horreurs d'une mort prefque inévitable, un cœur tout terreſtre, nourri dans les plaiſirs du ſiecle, & ſi peu accoûtumé aux penſées de l'autre vie ? Je ſerois tombé dans le deſeſpoir, ſi j'étois demeuré plus long-tems dans un état ſi capable d'éfrayer les plus déterminez. Mon corps abbatu par la violence de la maladie, tourmenté par l'agitation de mon eſprit, demandoit du repos : je m'endormis, & me reveillai plus tranquille. J'avois cru pendant mon ſommeil me voir à la porte d'une galerie toute éclatante de lumiere, mais d'une lumiere douce, & qui

ſans m'éblouïr me paroiſ-
ſoit plus brillante que toutes les autres lumieres. Je me
ſentois bien ferme dans la
réſolution de me convertir,
ſi je revenois en ſanté ; & je
commençai à croire qu'il
n'étoit pas impoſſible que
Dieu me fît miſericorde.
Une penſée ſi conſolante
me donna courage : l'eſprit
en repos contribua à ma
gueriſon autant & plus que
le Quinquina ; & je me vis
bientôt en état de jouïr encore une fois de la vie que
je n'avois ſouhaitée, que
pour faire penitence.

APPROBATION.

J'AY leu *Quatre Dialogues*, dont le premier eſt *ſur l'Im-mortalité de l'Ame*, le ſecond *ſur l'Exiſtence de Dieu*, le troiſieme *ſur la Providence*, & le quatrieme *ſur la Religion*. En Sorbonne le 6. May 1684. Signé, PIROT.

EXTRAIT DU PRIVILEGE.

PAR Lettres Patentes du Roy données à Paris le 26. jour de May 1684. ſignées LE PETIT, & ſcellées du grand Sceau de cire jaune, il eſt permis à Sebaſtien Mabre-Cramoiſy, Imprimeur ordinaire du Roy, & Directeur de fon Imprimerie Royale, d'imprimer *Quatre Dialogues*, dont le premier eft *fur l'Immortalité de l'Ame*, le fecond *fur l'Exiftence de Dieu*, le troifieme *fur la Providence*, & le quatrieme *fur la Religion*; & ce en tel volume, de tel caractere, & autant de fois qu'il voudra pendant le temps & efpace de fix années confecutives, à compter du jour que lefdits Dialogues auront efté achevez d'imprimer. Fait en mefme temps Sa Majefté défenfes à tous Imprimeurs & Libraires, & à toutes autres perfonnes, de quelque qualité & condition qu'elles foient, d'imprimer ou faire imprimer lefdits Dialogues, foit en corps ou feparément, fur quelque prétexte que ce foit,

& sous les peines contenuës ausdites Lettres.

Registré sur le livre des Imprimeurs & Libraires de Paris le 31. May 1684. Signé, C. ANGOT, Sindic.

Achevé d'imprimer pour la premiere fois le 15. Juin 1684.

Reliure serrée

www.ingramcontent.com/pod-product-compliance
Lightning Source LLC
Chambersburg PA
CBHW061449030726
47503CB00005B/1630